伽羅を焚く

竹西寛子

青土社

伽羅を焚く　目次

伽羅を焚く

岸を離れる

いつまでと期限を切らず、毎月主題も形式も決めないで、とにかく月刊誌に文章を書き続けることを求めて下さったのは、青土社先代の清水康雄社長であった。とりあえず、題名を「耳目抄」としたのは私で、守備範囲の狭さを思い、何とか自分で自分の首を絞めないようにと願っての題名だった。

清水康雄氏亡きあと、社は令息清水一人氏に引き継がれた。「耳目抄」も継続になった。体調不如意で休む月も幾度かあり乍ら何とか先月で三〇〇回を終えた。書き出した頃には思ってもみなかった回数で、改めて先代社長をはじめ今日まで支えて下さった同社の方々、あたたかい読者の皆様に心からお礼を申し上げる。

この連載は一昨年刊行の「望郷」まで同社で十冊の単行本にまとめられている。このたび最新刊出版担当の佐藤洋輔さんに「私が生れた時「耳目抄」は五回目の「野に古今集を」でした」と聞かされて、さすがに心穏やかではいられなかった。今振り返って、よくも大胆に引き受けたものだと思う。

しかし自分でも説明し難いのだが、不安や怖さもあるのに、それを押しやるほどの気持の弾みがあったのも事実である。何にもまして、休まず書き続けること、それによってのみ可能な発見の経験を、言葉を恃む人間生活の基本として暗黙のうちに教えて下さった先代社長への感謝は、過去のどの時よりも今深い。

不逞な気持の弾みはあったものの、船出の感覚ではなかった。大きくもない舟でそろそろと岸を離れ、毎号幅の狭い感受性の帆をかかげて悲喜交々に揺れながら時の世のテストを受け続けてきた。三〇一号。相変らず船出の感覚はない。そろそろと岸を離れる気分は初々しく強い。重い梅雨空の彼方に、なつかしい瀬戸内海の波音を聞く。

六月十日（金）の夜、たまたまスイッチを入れたテレビでスペインのカタルーニャ国際賞を受けられた村上春樹氏のスピーチを聞いた。私が聞いたのはテレビ朝日の「報道ステーション」で、後に手にした朝日、東京両新聞の夕刊にも要旨は伝えられていたが、内容は「東京新聞」の方がより詳しい。

私はこの賞の名を初めて知った。スペイン北東部のカタルーニャ自治州政府が、人文科学分野で功績のあった人物に贈る賞だという。村上氏は、自分はいろいろな国でスピーチをする機会をもったが、女性からキスを求められたのはこの国が初めてだと口を切ったあと、話は急転、東日本大震災と福島第一原発事故に直進する。もしも広島・長崎の被爆が、国の事実としてもっと切実に認識されていたら、少なくともこの度のような原発事故収束をめぐる、時に素人さえもはらはらするような東電及び政府の対応にはならなかったのではないかという疑問を抱き続けてきた者を、思わず聞き入らせる内容の濃いものであった。テレビでの印象にもとづき、新聞記事を傍らに、順不同で、私に記憶されている大切な部分を以下にまとめて記す。

広島、長崎に原爆を投下された日本人にとって、福島の原発事故は二度目の大きな核の被害である。ただこの度が前回と異なるのは、自らの手で過ちを犯したということ。その結果激しいショックを受け、たじろぎ、無力感を抱いている。その理由は明確。「便宜」と「効率」の優先である。原発に疑問を抱く人には「非現実的な夢想家」というレッテルが貼られた。

日本人は核に対する「ノー」を叫び続けるべきだった。技術力を結集し、叡智を結集して社会資本を注ぎ込み、原発に代わる有効なエネルギー開発を国家レベルで追求すべきだった。それは広島、長崎の犠牲者に対する集合的な責任のとり方となったはずである。

夢を見ることを恐れてはならない。作家が追うのは共有される夢である。損なわれた倫理や規範は簡単に修復できないが、それはわれわれ全員の仕事である。新しい倫理や規範と新しい言葉を連結させなくてはならない。

東京電力福島第一原発事故が発生してからもうすぐ一〇〇日になる。私の不安の第一は、今に及んでなお事故の収束の見通しが非常に暗いということ。遡って考えれば事の始まりに日本の専門家の叡智は集められたはずなのに。第二は、高濃度の放射線による大気、水、土の防げない汚染とその人体への影響である。論議、詮議をよそに汚染は待ったなしにすすむ。「さし当って人体に影響はない」と言われても、不明多く増幅し続ける不安。遅まきながら命を守るための知識を、すすんでより求めなければならない。

すでにIAEAによる福島第一原発査察があり、国際社会に対してのより透明度の高い事故の報告がわが国に求められているのは、起った事故の大きさと影響を考えれば当然と思われる。私達の国は、大変なことをした。大変なことになった。

事柄があまりに大きく多岐にわたって、結論が容易に見出せなくなると、とかく事の本質が見失われがちになるのは何もこの度に限ってのことではない。東日本の天災と人災について、私が読み知っている当事者、為政者、有識者の意見、と言ってもそれはごく限られたものでしかないけれど、とかくもどかしい思いを消しかねている時に、村上氏の発言に思わず聞き入ったのは、言い訳のない過ちの自覚、公平な事実認識の促し、新たな情理喚起の言葉の強さのせいであったかと思う。村上氏は原爆も原発もひとしく「核」として扱っている。
私の連想は「事の心」「物の心」という言葉に及んだ。古くにすでにこの語が用いられているのを知ったのは「古今和歌集」の仮名序においてであった。本来一人の人間に所有される心が、外界の万物に対しても用いられ、風情、風趣、更には万物の中心、核、本質をさす言葉として運用されている。

一語で具体性から抽象性にまで及ぶ「心」は、日本の文学論の中でも主要な言葉の一つであり、観念性や論理性の欠如を難じられながらも、運用次第では直観的思惟を象徴する誇らしい言葉としての存在感をよく保っている。「影」などのように、一語がもつ意味の幅の広さの中に、ほぼ反対の意味までもたせてしまう言葉の、柔軟で適切な運用とともに、私には日本語の運用の魅力を切実にさせる言葉の一つである。

古今集の仮名序に言う。「青柳の糸絶えず、松の葉の散り失せずして、まさきの葛長く伝はり、鳥のあと久しく留まれらば、歌の様をも知り、事の心を得たらむ人は、大空の月を見るが如くに古を仰ぎて、今を恋ひざらめかも」。「生きとし生けるもの、いづれか歌を詠まざりける」と述べた人の心の弾みが波紋のようにひろがる序の文である。

「事の心」「物の心」の駆使は、「あはれ」から「もののあはれ」への傾斜を作品の中で必然にした「源氏物語」で心にとめた。「その人の上とて、ありのままに言い出づることこそなけれ、よきもあしきも、世に経る人の有様の、見るにも飽かず、聞くにもあまることを、後の世にも言ひ伝へさせまほしきふしぶしを、心にこめがたくて言ひおきはじめたるなり」。物語とはそのようなもの。「よきさまに言ふとてはよき事の限り選り出でて、人に従はむとては、又悪しきさまの珍しきことをとり集めたる、みな、かたがたにつけたる、この世のほかのことならずかし。（中略）深きこと、浅きことのけぢめこそあらめ、ひたぶるにそらごとと言ひはてむも、事の心、違ひてなむありける」（蛍）

時をこえる物語論を、主人公に語らせる作者は、要の場所で「事の心」を用いている。物語の他の場所での用例多々ある中で、今一つだけあげれば、出家を心に決めた朱雀院が、皇女三の宮の行く末を案じて思い悩んだ果てに宮を預ける人として源氏を選ぶ、その理由は源氏が「物の心」を得ている人だからというくだり。「今少し物をも思ひ知り給ふほどまで見過ぐさむとこそは年頃念じつるを、深き本意も遂げずなりぬべき心地するに、思ひもよほされてなむ。かの六条の大殿は、げに、さりとも物の心得て、後やすきかたはこよなかりなんを、かたがたにあまたものせらるべき人々を、知るべきにもあらずかし」（若菜上）

明けても暮れても目に見えない靄の中を動いているような日々、大変な環境の住人の一人として、事の心、物の心に向かう必要に迫られている。梅雨の晴れ間のゼラニュウムの緋。

（二〇一一年七月号）

靄の中

八月になった。

立秋も過ぎた。

それなのに、熱中症が急増していると報じられているこの猛暑。経口補水液の飲用を心がける。早くから節電対策を求められながら、一方で熱中症対策に電力の賢い利用を求められる難しさ。三月以来、目に見えない靄の中を動いているような圧迫感が続いて、いっこうに薄れる気配もない。昼夜を問わぬ高い気温と湿度に追い討ちをかけられて、それでなくても弱い思考の力の著しい減退を意識する日々。

前例のない大震災と、「想定外」だったという原発の事故処理をめぐって、為すべきことが山積しているはずの政府なのに、野党ばかりか政府与党の内からも総理退陣を望む声が公然とあがっている。自民党から民主党への政権交替をあれほど望み、みごとそれを実現させた「民意」の行方をどう見定めればよいのか。今の私には、解釈できぬ、結論に到れぬことがあまりにも多過ぎる。放棄してよい思考の対象は一つもないのに。遠因近因あまたの現象に、言い訳できず真向かわなければならないのが現政府で、それが政治、それが政治家というものだと言うのは簡単だが、批評、批判どまりの気楽さについて思うこと、きりもない。

朝、ベランダの側のカーテンを開けると、網戸にとまっていた大きな蝉がとび立った。その翅音の弱々しさに責められる。わずか二輪でしかないけれど未だ咲き続けている鉢植の桔梗の白。黙ってつつましく生きているものの姿。言い訳なし。言い訳なし。久々に遠い鳥の声を聞く。


近くパリに発って半月ばかり滞在するという若い女友達と、アイスクリームに逃れながら雑談していた。日頃の気安さから、つい余計な口出しをしてしまった。もう読んでいるなら聞き流してほしいと前置きして、中村光夫の「戦争まで」をぜひ読んで、と言った。仏政府招聘の留学生としての中村の渡仏は昭和十三年（一九三八）であったが、第二次世界大戦のためわずか一年あまりで中断され、翌年には帰国している。人にすすめたのがきっかけで、その夜又、幾度目かの「戦争まで」を読み返した。

出版社に勤めていた頃、外国紀行を求めて読み続けた時期がある。時を隔てて今、たちどころにあげたい紀行は、門田勲の「外国拝見」、三島由紀夫の「アポロの杯」、それに中村光夫の「戦争まで」である。理由は三様であるが、中村のこの本を今又読み返したくなっている私には、敬愛の対象に、全身を耳目にして近づこうとしている中村の若い生気が記憶されている。その生気にあやかろうとしている自分がいる。

滞仏の時期は違うけれど、恐らくそんなことは考えさせない文章だと思うとも、私は女友達に言い添えた。じっさいヴァレリイの詩の講義に聞き入る中村を伝える部分は、読み返す度の自分の弾みが常に新しい。一人の人間が、深く敬愛する対象をもつとはどういうことなのか。敬愛と親愛の違いはどこにあるのか。若さの、美しい傲慢と謙虚の広い振幅の間を揺れながら、次第に見るべきものを見定めてゆく非凡な情理の時の経過に従う快さを、繰り返し自分の時間にしたいと思う。不明の靄の中から少しでも早く抜け出したい自分がいる。

昭和十七年(一九四二)の初版後記で中村は述べている。

「僕のフランス滞在は戦争のためわずか一年あまりで中断され、これという纏った収穫もなく、それだけに心残りも多かったのですが、今から考えるとこの旅行記は、そうした心残りを遣るよすがのようなものでした。期間が短かかっただけにすべてのものに対してまだ物珍しい感じが失せず、また周囲の生活にもようやく馴れて来て、いわばこれからというときに、そうした強い期待や好奇心を一切振り捨てて、帰りの船に乗らねばならなかった残念さには、時の事情で止むを得なかったといくら心を納得させようとしても、今でも時には後悔に似た気持で思い出すことがありますが、しかし二年間もの間、こういう或る人々の眼からは余計な道草のように見えた仕事に、ともかくできるだけ力を注いで来たのは、必ずしもそうした僕だけの気持が他人にも興味があろうなどと己惚れたためではありません」

中村は、世間でよく言う「洋行帰りの法螺」が、聞き手の性急な期待に負けて我知らず吐いてしまう嘘として一定の理解を示したあと、短期の滞在で何も外国の事情など本当のところは解らぬにしろ、「少なくも自分がそこで過した生活の経験を、できるだけ嘘を混えずに書いてみたいという欲望」に忠実であったこと。「たとえ今から考えると馬鹿馬鹿しくまた恥かしいような思想や感情の動きにも、できるだけ正直であろうと心掛け」た結果、「ここに少なくも僕の見たまま感じたままの外国生活の一断片があること」。それがこの旅行記を敢えて世に送る唯一の弁明である、と。

異国の対象にやわらかに反応する情感と理性を、自他に公平であろうとする目で追う叙事の軌跡。上質の情理の支えなしに、この軌跡に生気は宿らない。優越感もなければ劣等感もなく、心と行動の日常を冷静な叙事の対象とした旅の記であったから、読者はフランスの大詩人の喜怒哀楽を目のあたりにすることが出来、中村の確かな鼓動に、若さを生きる人間への愛着を新たにする。叙事には勇気が要る。思い切りのよさも要る。「戦争まで」に、心の運動の喚起を求めている自分を知る。

長い年月を生きてきて、思いがけないことは数え切れないほどあった。更に記憶にとどまっていないもののことを考えると、認識とまでは言わないにしても、日頃頼みにしている意識がいかに頼りないものであるかがはっきりする。無限の時空に、ひとときの「生を偸《ぬす》む」身のはかなさは、それこそ夢かうつつか。「ありてなければ」である。

五年前に単行本の「「いとおしい」という言葉」を青土社で出版した。イラクの現状を伝えようとして現地に入り、襲撃され、殺害されたフリー・ジャーナリスト橋田信介氏。その妻幸子さんの言葉に受けた衝撃の名残りをとどめる書名である。家族として悲劇の現地に入り、夫の遺体と対面した妻が、「かなりひどい遺体でしたが、実際にこの目で見ていとおしく思いました」と、テレビで、言葉数少なく、しかし毅然とした態度で語った。一語一義の「いとしく」ではない。相手への思い遣りの深さに、信頼も敬意も加わっておよそ単純ならざる意味合いの日本の古語が、残酷な戦場のかたわらで必然性をもって自然に咲いていたことが、思いがけない感慨として記憶された。何の予備知識もなく、ある夜たまたまスイッチを入れたテレビを視聴してのことであった。

この夏、というよりも、まだ夏に入る前だったかもしれない。この時もまた偶然、ある夜のテレビで、いきなり見覚えのある黒衣の人に出会った。どきっとした。何と橋田夫人である。あれからどれ程時が過ぎていたか。まだ自爆テロの無くならないイラク。警備の人に付き添われて、夫の最期の場のあたりを探している。瓦礫のひろがりの彼方に複数の硝煙がのぼり、破壊された車の残骸も置きざりにされたまま。やがて夫人は、墓標もないとある道端に跪くと、土地でととのえたらしい簡素な花束を立て、取り出した煙草に火をつけて花に縋らせた。

沈黙の時が流れた。

「煙草、おいしいですか」

湿った空気はなく、余分な言葉も一切なかった。私はまたこの言葉にもうたれた。

それにしても何という思いがけなさか。「いとおしい」という言葉を耳にしたのも、「煙草、おいしいですか」を目のあたりにしたのも全くの偶然。点線のようにしかつながらない記憶の生も、点線のあともとどめぬ忘却の生も対象に優劣軽重の差はないのである。


（二〇一一年九月号）

うわのそら

とにもかくにも九月にはなった。

野田内閣の成立は見たものの、台風12号による近畿地方の大きな風水害が報道されて、日本列島は春に続く再びの災難である。台風の緩慢な動きが、いかに過重な風雨の害となるかを知らされる。

白露も過ぎて蒔絵萩に花がつき、ようやくの青空が強い。

日差しは残暑。

風は秋。

紅白の水引。どちらも大きくない仏壇によく似合う。楚々として、しかもそれぞれが立派にそれぞれを保っているのがいい。朝昼見てよく、たとえば又日暮れ時、影で見てよいのも二つに通う好もしさである。

旧知の年配の男性の手紙の中に、三月十一日以降、自分は何となく「うわのそら」の状態になったという一節があった。充分とまでは言えないにしても、ほぼ納得できるところに今の私の日々もある。目に見えない靄の中を動いているような圧迫感、などと書いてきたが、「うわのそら」の感覚を経験している人は少なくないのではないか。

東北大震災に重なる原発事故の処理が未だに収束を見ず、しかもその見通しの暗さには、嚥み下せない塊を胸に抱える気分の持続が伴って、弱い頭でどう考えてみても近々この塊が溶けそうな気配はない。そう気づくと、日常がとかく宙吊りになって、なにがしかの不安と一緒である。

最近になって、放射能の汚染区域として国から指定されている地域だけでなく、思い及ばなかった遠隔の地での相次ぐ汚染（国が発表した基準値を上回る）が発表されている。又食品の放射能汚染について、国が国民に与えるべき知識はより多くあってほしく、汚染の事実と対応基準を可能な限り明確にしてほしいと望むものの、これ又国の発表にはその都度納得し難いもどかしさがつきまとっている。後にならなければ明示できない諸々の事情が絡んでいるのかもしれないし、事実そこにまで及んでいない専門の研究事項もあるのかもしれない。安全が前提になっているような原発の運用促進に、見切発車のような危険があったとは考えたくないが、国から発表されたこと、されたものだけでは不安は解消されないとすれば、国民は遅まきながら、自分自身で放射能及びその汚染について学び、できるだけの知識をもって身を守るしかない。教えてもらわなかったからと言って、相手を責めていればすむというのんきな場合ではない。それが自分の国の現状である。

去年の夏はそうではなかった、と思うことの一つに、紙誌のインタヴューやラジオ番組への出演依頼の重なりがあって、体調からむろんその一部しか受けられなかったが、私にすればかなりのせわしさではあった。共通して求められたのは、広島での被爆とその後の私の文学との関係である。

考えてみると、広島の被爆者が高齢になって次々に亡くなっている現在、私とても残り少ない被爆者の一人で、何よりも高齢者であるから、今のうちに、ということだったのかもしれない。被爆の経験について、これまでこういうかたちでの仕事はできるだけ避けるようにして、自分で書くことに重きをおいてきたつもりであるが、促された老年の自覚は、与えられた機会への素直な対応に私を向けた。

それともう一つ。

私は三月の地震直後に、震災と原発の事故が呼んだ広島の原爆の記憶について「ユリイカ」に書いている。最近久々で出した八つの短篇小説集「五十鈴川の鴨」の表題作では、広島のある男性被爆者の戦後と死を扱っている。四年前に発表したもので、今年三月の震災のことなど、むろん頭のどこにもない時期の作品である。けれども原発事故が発生して、この男性は過去の人としては終りようがなくなった。予期せぬ小説の効果に自分でも驚いている。このことがあったためか、インタヴューでは「五十鈴川の鴨」に関係づけて問われることも少なくなかった。

いずれにしても、受け身で始まった回顧であるが、離れて自分の歳月をながめ直すにはよい機会でもあった。

書く生活など、夢みることさえなかった少女が、どうして半世紀近くも書き続けてこられたのか。評論は評論、小説は小説ではなく、評論と小説とは私の中でどのように作用し合って共存してきたのか。古典詩歌に傾きがちであった古典評論は、創作にどう関わっていたのか。学び、教わるべき離れた対象であった日本の古典が、なぜ、いつから懇意な、自分にならなくてはならないものになってしまったのか。自分の意識と無意識の時間を他人のそれのようにながめて、自分がしてきたこととともにしなかったこと、出来なかったことが否応なしに浮かび上がり、貴重な時間を与えられたことに感謝した。

インタヴューを受けながら、繰り返し思うことがあった。それは自分が文筆生活に入ってまだいくらも経っていない頃、ある婦人雑誌の企画で、同性の先輩九人の方を訪ねて、それぞれの方の発言をいかしながらまとめの文章を書く仕事を与えられた折の一喜一憂だった。今から振り返るとそら恐ろしい仕事で、よくもまあ大胆にとうそ寒くもなるが、尊敬してきた大先輩に直接お話をうかがえる稀な幸運を逃すまいとする上向いた心で、人を知る知識の乏しさや、想像に欠かせない経験不足への怖れを踏みつけていた。

結果は言わずと知れた難儀なものであったが、この仕事を通して、多角的に相手を知ろうとする努力を重ねたあとではじめて効果的になるのがインタヴューだという、イロハのイから、じつに多くのことを恥ずかしさとともに教わった。分からないことは聞けばよい、という気楽な準備不足では、所詮いい記事は望めない。極端な言い方をすれば、相手を自分のほどに応じてわが内におさめてこそはじめてかなうインタヴューである。

それぞれに専門分野の異る九人の方ではあったが、人はある年齢に達すると、回想のパターンというものをもつらしいということも共通して気づかされた。それは人生の整理の仕方ということになるのかもしれない。当然、都合のよい過去とそうでない過去の選別や統合が行われるのは避け難い。そうではあっても、すくい上げられた時間同様、すくい上げられなかった時間もその人の人生であったはず、想像がどれだけ及ぶかは別として、すくい上げられなかった時間を思う訓練もインタヴューには欠かせない。

問いかけに答えながら、都合のよい整理になってはいないか、公平な回想をと心がけはしたが、無意識のうちの自己愛に多分邪魔されているだろう。言葉を絞り切れていないことも少なくなかったと省みて思う。

それにしても、日々人間が言葉を用いて生きるのを、当り前と思って過した年月は長かった。いや、当り前の自覚すらなく、当り前ではないと気づいて初めてそう思うことができたのだと思う。

昭和三十四年（一九五九）は忘れようのない年。本居宣長の著作の一部に衝撃を受けた記憶は、自分が新しい人生を生き始めたきっかけとして古びようもない。もし私が、広島という土地環境で育っていなければ、被爆しなければ、そして東京に移り大学卒業後に出版社に勤めていなければ、出版社で仕事として本居宣長全集と向かい合わなければ、あのような衝撃は受けなかったかもしれない。「もの」や「こと」と人の出会いには必ず人それぞれの「時」がある。

宣長との年月をとびこえて、今の自分の言葉でいうと、人の「心」を徹底して人の「言葉」に探る宣長に従えば、人の「心」は自他ともに「言葉」のほどにしかない。「心」は「言葉」とも「行い」とも相携えるものという。「言葉」で浅く、深く存在に深まってゆく人間の存在は、その人の言葉以上でもなければ以下でもないと理解した私に、あの「当り前」が「当り前」でなくなった衝撃はほとんど動転であった。

私の理解は少し偏っていたかもしれない。しかし、人の存在はその人の言葉以上でもなければ以下でもないと認識させられてから、一度もその認識を変えようとはしなかった。言葉を恃み言葉を疑い、心を恃み心を疑いの日々は今も続いているし、多分これからもそうであろう。怖い、さびしい、暗い、しかし明るい一瞬をつねに夢み続けての言葉の生活である。

（二〇一一年十月号）

かなしいという言葉

きっかけは「万葉集」、大伴家持の一首だった。知らないうたではない。知っていた。知ってはいたがよくは逢っていなかったことになる。

うらうらに照れる春日にひばり上がりこころかなしもひとりし思えば

ああ、もうここに、こういう言葉遣いがあったのだと今更のように見入ったのは「こころかなしも」である。諳んじてもいるうたなのに、この歌句に即して特に考えてはこなかった。関節症手術のための、ふた月あまりの入院生活の終り近く、文庫で古いうたのあれこれをなつかしんでいるうちに、この一首に立ち止まった。長い間私はこう思っていた。人の感じる心の行使において、もしも「かなしみ」に規模というものがあるなら、和泉式部の詠んだ

「かなしみ」の規模は、自分の知る古歌の中では他を圧している、と。そう思ってきたのは、「和泉式部日記」の中の一首、むろん私家集にも入っている。

なぐさむる君もありとは思へどもなほ夕ぐれはものぞかなしき

和泉式部がここで詠んでいる「かなしみ」は、たとえば常用漢字の「悲」「哀」いずれかの文字を当てたとして、そこに収まりきるようなものではない。それらを併せて、更に更に何かを加えなければと思わせる余韻でこのうたは顕っている。人間を、世界を、こんなにも沢山生きていた女の感受性。

家持歌の余韻に、式部歌の余韻に潜む尖鋭は感じない。しかしゆるやかではあっても、紛れもなく「ものぞかなしき」に先行する心の動きだと気づいた時、遙かな年月を隔ててひとつ言葉の流れに浮かびながら、同じ向きに感じる心を働かせている人間の生存が重なり、それが国語によってのみ可能な自分の経験であるのに安堵した。

さかのぼれば、家持以外にも同じような言葉遣いをした人がいて自分が知らないだけなのかもしれない。予期していなかったこの小さな経験は、平安の私家集が促す「万葉集」の大きさの再認識にも及んだし、いつのまにか今の世の日常の言語生活を、離れてながめる促しにもなった。それは私の「時」であったろう。古歌がよくて、現代語は駄目などとは思ってもいない。世を問わず、言語生活には、人それぞれの事物への立ち入りの深度、外界との繫りの粗密のほどが自然に示されるのを、ある瞬間鮮烈に感じたというだけである。

冬枯れの木立を窓の外に見る病室で臥っている間、巡回の看護の人に、一度ならず、テレビは見ないのかと聞かれた。それに応じようとしたわけでもないが、リハビリ室から戻ってぐったりする日が重なるにつけ、家にいた時よりもずっと多くの時間、さまざまのテレビ番組を視聴する結果になった。受身の惰性に引き摺られてゆく自分がいた。

日頃家にいてのテレビ視聴は、とかくニュースに偏っていた。普通の音声で、普通の音程で日本語は話せないのかと思うような番組は敬遠した。多くの番組が小刻みになり、たとえば落ち着いて内外の音楽演奏が視聴できる時間も以前よりは減ってしまったし、夜明け前、すごい教養番組を偶然に知ることもあった。

病室では、こんなにも多数の番組に、毎日毎日大勢の労力と電力、お金が使われているのかと愚者の驚きを重ねながら、多くの番組を知った。多くの、と言ってもたまたまのことで、長時間番組を視聴する気力も体力もなかったので、やはりごく限られた番組でしかなかったけれども、総じてのことに、日本語はこんなにも軽かったのか、薄かったのかという印象があった。

ひたすら近似値の言葉で、人の間を泳いでゆく快感に身を委ねているような気持の悪さから、軽い、薄いというのは私の勝手で、当事者にしてみれば、それが適切かつ効果的な生の「スタイル」であるかもしれぬ。それにしても日本語はこんなにも軽かったのか。薄かったのか。違う。そうではないだろう。一語一語には軽重も深浅もない。知っている言葉数が大事なのでもなければ、凝った修飾語が決め手というわけでもない。すべては運用次第。藤原定家が逸早く和歌作法の要とした言葉の選び方と続け柄。言い訳のない三十一文字の立ち姿で、日本語の重さと深さを余韻のうちに感じさせる古歌という鏡が、今の世の言語生活の一部の相を、人の生きようの深浅軽重の象徴として映し出した病室の日々を、私は今日も思い返している。

昔の人ならずとも、何かの予兆でなければよいがと案じたくなる突風、雷雨、地震、豪雨が繰り返されるうちに今年は梅雨に入った。川崎に移り住んで二十年を越したが、降り出したばかりの雨が突如雹に変って建物や舗道を音高く打つさまを、先頃はじめて見た。七月になっても、間をおいては小さな地震である。

去年(二〇一二)の七月に受けた「日本経済新聞」のインタヴューが、他の六人の方のインタヴューと一冊にまとめられ、宮川匡司編「震災後のことば」としてこの四月に日本経済新聞出版から出版された。六十六年前の広島の夏の残酷を目のあたりにして、とにもかくにも生きのびてきた一人としては、いくら「想定外」と言われても、東北の大地震、大津波と重なった福島の原発事故発生以来、放射能汚染の恐怖から一日として解放されることはなかった。多分これからもそうであろう。

原発事故以来抱き続けた疑問について、私は震災の翌月と翌々月、「二つの記憶」、「広島から広島へ」の二文を「ユリイカ」二〇一一年五・六月号に発表した。

「もし広島・長崎の被爆が、国の事実としてもっと誠実に、切実に認識されていたら、少なくともこの度のような対応にはならなかったのではないか」

「毎年原爆の投下された日に、しかるべき人が式典に参加するだけではなく、被爆の事実を国の事実として究めていたら、一時的な厄介もの扱いのようにではなく、時の政治に導かれた憂うべき、恐るべき国の事実として考えつづけていたら、対応はもっと違っていたのではないか」

あえて疑問の一部をここに繰り返すのは、日経の宮川氏のインタヴューは「ユリイカ」の読後感に始まっていたし、あの時訴えずにはいられなかった恐怖と不安は今以て消えず、未だに靄の中を行く朝夕だからである。有無をいわせず国民一人一人の運命を変えてしまうのは、武器を伴う国と国との戦争ばかりではない。

あの大震災から一年以上も経って、間をおいては報道される原子力利用についての国と電力会社の杜撰な管理体制に、身の冷え入る思いをしているのは私だけではないだろう。国策に添って原子力利用を推進してきた電力会社の、迷彩的な言い訳を聞く度に、政治の外では生きられない一国民の嘆きは新たになる。

知識もない者の安易な政治批判に説得力がないのは当り前、遅れて岩波新書の武谷三男編の「原子力発電」を読み、日本の原子力行政の「形式だけの安全審査」と「極端な秘密主義」に唖然とした。国と電力産業との関係についての自分の無知を恥じた。政治への期待も不安も、万感をこめて砂粒のような一票に託してきたが、諸刃の剣でもある原子力については、できるだけ学ばなければと思う。放射能について、国も、もっと教えなければばと思う。この岩波新書は、一九七六年（昭和五十一）の初版以来二十五回も増刷している。逸早い「原発事故の収束宣言」といい、「原発の安全性を世界最高水準に高める」という国連での演説といい、為政の人の、本来ならば頼もしいはずの発言が、私にはなぜこうもむなしいのか。

去る六月二十九日の「朝日新聞」で読んだ原子力工学専門家のインタビュー記事の一部はこうである。

「事故から教訓をくみ尽くすには、事故の進展の詳細な再現と理解が前提です。それなくして事故を踏まえた安全対策をとったとは言えない。しかし今ある事故調査委員会では、どこも再現作業をしていない。原発の検査などを行う独立行政法人の原子力安全基盤機構などがやるべきです」

他ならぬ当時の原子力委員会委員長近藤駿介氏の発言である。自分の国は今このようにもある。

美しくかなしき日本。わが胸のほむら鎮めて　雪ふりしきる

岡野弘彦氏の、「バグダッド燃ゆ」に続く第八歌集からの引用である。恐らくは、書名「美しく愛しき日本」の據るところであろう。国の危機を言うには、何はさておき危機を危機として感じ得る心の有無が前提だということを、作品に聞き入るうたの集であった。

歴史としての日本人から目を反らさず、「役人《つかさびと》」「政治家《まつりごとびと》」の「真《まこと》なき世」に耐えて、いとおしい国の危機をうたで超えようとする現代人のかなしみ。その規模の大きさをこの歌集に辿ることは、作者のかなしみをかなしみとしてどれだけ共有できるか、自分の感受性の規模が試されることだとも思った。もう一首引用させていただく。

かなしみを内にひそめて　ほむらなす咲きかがよへり　日本の桜

（二〇一二年八月号）

「まどうてくれ」

明日は今日以上の暑さが予想されます。水分をこまめにとって冷房をきかせ、熱中症にはくれぐれもご注意下さい。連日、テレビ、ラジオで繰り返されるアナウンサーの言葉。残暑とも言えない暑さ続きのうちに八月が終る。

ベランダの植木鉢の苔の中からまっすぐにのび立った雑草の緑が、陽射しにきらめいている。何という健気。素直。そして何という不思議。この時期いつものことながらシノブの逞しさに見入る。岩石に着生させたノキシノブの、裂れ込みのない細長くて硬い葉にも、根と茎を絡み合わせてつくったトキワシノブの、羽状に分裂している葉にも衰えはない。わずかな水遣りでこの色の冴え。

九月一日の夕刻から二日にかけて、ここ川崎はようやくの雨になった。ほぼ二週間ぶりである。にわかの雷雨への注意を気象庁から促されてはいたが、風雨に勢いはなかったようである。快晴に戻りはしたものの、湿った空気が重い。

ロンドンオリンピックも終って、銀座ではメダルを受けた選手のパレードもあった。二〇一六年、次のオリンピックはブラジルのリオデジャネイロでの開催という。

一九六四年（昭和三十九）の東京オリンピックのパレードの記憶はない。道路拡張のため、日頃馴染んでいた尾山台の桜並木が、一夜のうちに伐り倒された無念が、私の東京オリンピックの記憶である。夜道では、伐られた樹々の霊が、並木のあった道の上空をいつまでも旋回しているのではないかと思ったものである。幹の頼もしい樹々ではあった。

素人の頭では、どう考えても順序が逆ではないかと思われるようなことが、為政の要人の判断で次々に行われる。それも小さなことではないとなると、私の意識の消化不良は募って、薄い靄の中の感覚は消えようもない。たとえば東京電力福島第一原発事故の原因究明をはじめとする諸調査がまだ終ってもいないうちに、為政の要人の「責任」と「判断」において原発の再稼働は決定された。

この事故は、自国の一地域での、一時の対応処理で終るような事故ではない。今後も、日本全国、いや全世界に迷惑の及び続ける惨事である。とうてい短期間で調査の終る事故とも思われず、事実、政府の事故調査・検証委員会による最終報告を知るには、事故から一年四カ月が必要だった。

これとても、二〇一三年度予算の概算要求前の報告を前提にした、無理の多い、不充分な内容であったことを、委員会の委員長代理として務められた柳田邦男氏の発言（二〇一二年八月四日「朝日新聞」インタヴュー記事）で知った。経済の必要のみならず、事故が再発すれば人命への危険はかり知れぬ原発の再稼働は、先の事故調査の結果発表もまたず、しかも「四名の閣僚」の合意において決定されている。

私は長い間、どのような方法が用いられるにしても、結果として人に生きる望みを失わせてならないのは、芸術と政治に共通する大事だと思ってきた。過去の現象分析にすぐれる学識の人が、すべて新時代の展望に明るく、具体的な社会づくりを提案できるとは限らない。そうだとしても、戦時でもないのに、突然企業に起った事故で夥しい数の死者行方不明者が出て、生き残っても生きてゆく望みを失いかねない境遇での生を強いられている人々への、政府及び東京電力の、事故の調査結果も待たぬとりあえずの対応を知る度に、一体あの事故は、対応する当事者達に、事実としてどう認識され、どう見通されているのか分からなくなった。政府主導の原子力産業。知りたくなかった原発安全神話の土台の脆さが見え隠れする。

もとはと言えば、原子力研究の専門家、為政者、電力産業関係者、それぞれの分野での時代の叡智を結集して始まった原子力の平和利用としての発電だったはずなのに、そして、受身でとはいえ、原爆での例のない残酷な経験をした国なのに、その経験は生かされず、結果として露呈されたのは、事実を事実としてよくは見なかった怠りと侮りである。国の外から、日本人の危機感の稀薄を指摘されているのも恥ずかしい。今や原爆も放射能も原発も、委しくは教わらなかったから知らないですむ時代ではなくなった。他人を責め、自らの怠り、侮りを正当化する前に、能う限り学んで賢い国民にならなければと、強く思う。

いつのまにか私も、広島の被爆者の、減少した生き残りの一人になってしまった。あの日の熱線に溶けもせず、旧年末の術後の本復未だしといえども、とにもかくにも今日という日をこうして生きさせてもらっている。無念の、ゆえなき死を強いられた縁者知友が面影に顕つ度に、逃れようもないうしろめたさもありながら、生きて再びあのような現実には遭いたくない。若い世代の人々にも遭わせたくないと思う。

ここに、若い世代の読者を対象にして書かれた一冊の好著がある。大塚茂樹著「まどうてくれ―藤居平一・被爆者と生きる」（旬報社）。著者は一九五七年の生まれ。本書でその生涯が辿られている藤居氏は一九一五年広島市の生まれ。

藤居氏と言えば、日本の原水爆被害者団体協議会（日本被団協）の初代事務局長として被爆者運動の先頭に立たれた方とは承知していた。私自身被曝から十七年経って被爆者健康手帳を交付されている。現在は年に二回の健康診断を受けることも出来る。原爆症患者であるかどうかの認定は別として、造血、循環器、呼吸器、運動器など十一の機能障害を伴う対象疾病も、三十近く示されるまでになっている。地域によって異る被爆者の健康管理支援の恩恵にも浴している。そうであるのに、原爆医療法の制定をはじめとする国家補償や原爆被害の科学的調査、更にひろく世界と連帯しての被爆者救援に当られた藤居氏の余人の及ばぬ尽力については、本書を読まなければ分からなかった。感謝を新たにする。

多くは読んでいないが、運動のリーダーを描き出す仕事は大層難しい。書き手の対象への敬愛度が説得力につながるのは言うまでもないけれど、客観の目の利いていない敬意讃歎はとかく読者を置き去りにする。又書き手が観念や抽象論で飛び越え押しやってゆく現実はいきおい年表の底に沈んで、対象の人物から生気を奪ってしまう。「まどうてくれ」は、一リーダーの年表的記述ではない。

私にとってこの書名は、聞けば心のどこかに火のつくようななつかしい西の言葉。「まどうてくれ」は、「もとに返してよ」という叫びにも似た訴えで、不可能の覚悟をも秘めた償いの求めである。衝撃の深さから、口を閉ざしがちになっている多くの被爆者の代弁として、この書名は、憤りとかなしみ、かすかな光への希求を訴えている。

本書で見逃せなかったのは、藤居氏と著者との関係である。本書によると、藤居氏は広島で中学卒業後出征し、陸軍航空部隊の一員として五年近く満洲にあった。満期除隊で復員後早稲田大学に入り、大学一年生で結婚。学徒動員令によって軍需工場の日本鋼管で作業を続けるうちに、米軍による広島への原爆投下を知る。

藤居氏の帰郷は、原爆投下から十七日後にようやくかなう。爆心地から一・五キロも離れていなかった実家はむろん跡形もなく、廃墟の町で、父と妹の死を知り、やがて日本の敗戦を知ることになる。肉親の被曝死はあったが、藤居氏自身直接の被爆者ではない。

後年藤居氏が、父親の仕事を引き継ぎ、銘木店の三代目の社長になり乍ら、その家業と私財を投げ打って被爆者運動に身を投じてゆく背景に肉親の死があったのは充分想像されるものの、被曝に関しては間接経験者である。この藤居氏と一度の面識もないまま氏についての一書をなした大塚氏にも被曝の経験はない。従って間接と間接の、よい相乗効果による成立は、本書の大きな特色と言えるだろう。このことは、リーダーの運動の必然性を追うにも、運動の拡がりを示すにも有力な梃子となっているが、その間接の限界をも意識したさまざまの手当ても見落せない。

生地の者だからよく見える生地もあれば、同じ理由でよくは見えない生地もある。自分のどこまでが自分であるかもよくは分からぬ者が、どこまで他人に近づけるか、立ち入れるかは至難のわざだが、だからと言って身を退いて構えるのと、同じ理由で、より深く、より広く他人に寄り添おうとする行為の間には無限の隔りがある。

大塚氏はこの困難を超えるべく、自身の情理を幅広く行使された。藤居氏の生涯が、大塚氏の情理のありようをテストしているという印象さえもったが、この情理の幅広い行使があればこそ、藤居氏の運動の必然性が説得力をもって読者に伝えられ、喜怒哀楽の表情をそなえたリーダーを、遠くの人にさせなかったのだと思う。

開巻、空から見下ろす広島の地形に始まって、藤居氏の生い立ちの場所へ読者を運び、藤居氏の成長をたどる過程で、環境であった広島の町の、軍都としての日常、産業経済文化が抽象的にではなく記される。歴史としての日常を過去と未来の中で、又個人の生活を、環境とのつながりにおいて把握し直しながらの記述には、大塚氏の人間の見方、歴史の見方を併せて読まされた。

私は生後二十四年間生地を離れなかったが、本書を読んで、すっかり沈没していた生地での日常生活の部分部分がにわかに浮上し、はっとなることしばしばであった。取材はこまかであり、若い世代を意識された文章には随所に手当てがあって、出征するとはどういうことか、銘木と材木の違いは何か、といったことに簡単な説明を加えながらの記述である。ここまでしなくても、と思うのはこちらが老いているせいで、この入念は、日本の未来を思う著者には当然の意図のうちであろう。

人の数だけ異る悲劇に能う限り耳目を近づける。個人を部分として再構成した組織の力で悲劇を超えようとする、その発想と実行の人を描いた本書は、リーダーのための組織ではない組織の力について、一考も二考も促す書物でもあった。

（二〇一二年十月号）

同心円

あらしが去って空が輝いている。

日本列島を縦断した17号台風のあと、すぐに又新しいあらしが南方海上に発生しているという。近くの畑は彼岸花の緋。もう何年も前に、京都から宇治への途中、木津川の河原に群生していた彼岸花は変らず咲き盛っているのかどうか。それにしても今年の気象の激しさ、猛々しさには、つい不穏を感じてしまう。


第三次野田内閣が成立した。

あれほど自民党政権との訣別を願った国民の支持で誕生した民主党内閣のはずであったのに、三年で三人目の首相にして早三度の改造である。運が悪かったと思う一面もある。けれども民主党に限らず、交替して新しく政権を得た政府にはつきものの、引き継いだ負の条件はあって、当然その負を抱え込みながらの政情の好転は、国の行政の最高機関に関わる政治の専門家には自明の、当然の責務であろう。

恃みたい政府なのに、恃み難さの先立つこと少なくない昨今の政情である。恃むべきものと聞いた政府見解がじわりと変化して、あれは私の聞き方がよくなかったのか、そういう余地を残した文言であったのかとわが耳を疑う時もある。決めるべきことを決めてゆく政府の証明として、「責任」と「判断」を連発されても、なし崩しになってゆくあれこれに、国民は専ら忍耐が義務かと心が曇る。

テレビでも一部放映された、福島第一原発事故当時の東京電力の対応情況には、これが疾くから国策で進められてきた日本の原子力産業の現場、それもごく一部の情報なのだと思ってみても、わが無知を恥じながらの恐ろしさは容易に消えるものではなかった。

人が二人いれば、世に二つとない心と身体が二つずつあって、その多様な可能性は予測できるものではない。二人の違いをこえて二人に命令できる権力の行使は乱用されたくない。国民は時の政府に生命を預けて暮らしている。それゆえ、為政の専門家には、理性のみならず感受性も大幅に行使していただき、よき立法と、法のよき運用とをと切に思う。

昨年三月の原発事故の原因究明をはじめとする諸調査のうち、政府の事故調査・検証委員会による最終報告で委員長の代理をつとめられた柳田邦男氏の発言の一部を、私は本誌先月号で引用した。二〇一二年（平成二十四）八月四日の「朝日新聞」インタヴュー記事から引用したが、この記事には、なおどうしても書き留めておきたい部分があるので重ねて引用させていただく。

わずか一年余の調査について、柳田氏は、「被害の膨大さ」から「2～3年はかけなければならない」と思っていたと言われる。なぜなら、「事故調査」は、「システムが破綻したメカニズムの解明と、それによって発生した被害の全解明」が「目的」なので。そのための「時間」も「マンパワー」も足りなかったという氏の発言を辿ると、あの事故に対する政府の事実認識の程度がうかがえる。そればかりではない。日頃私共は、安易に、それならば見た、聞いた、読んだ、などと言っているけれども、事の大小を問わず、事実を認識するという行為が、人間の機能のいかに大幅な行使を必要とするものか今更のように熟慮を促された、私には重い発言であった。

「事故調の事務局は40人足らずの小規模な組織です。しかも法務・検察、警察、財務、文部科学、厚生労働の各省庁と大学から集められた人たちで、事故調査の経験のある人はいません。私は調査開始時に、国際的に確立された事故調査の方法について報告しました。あまり生かされませんでしたが」

「事務局は①事前の安全対策の調査②原発プラント内で何が起きたかの調査③被害の拡大と混乱の調査の3班にわけられたので一つの班は10人程度です」

「たった10人で被害の全貌を解明するのは無理です」

「国は今回の事故調の報告で終わりとせず、「人間の被害」の全容を明らかにするプロジェクトを発足させ、教訓を後世に伝えるべきです」
柳田邦男氏が、当の委員会で委員長代理を務められ、このような言葉を残されたのは有難かった。

「京都学問所、『方丈記』八〇〇年記念『鴨長明方丈記』と賀茂御祖神社式年遷宮資料展」のご案内をいただく。大きな風水害や震災などがあると、新聞のコラムでも、その一部がよく引かれる「方丈記」であるが、八〇〇年とは、平素ほとんど意識していなかった。
そう言えば、賀茂の齋院だった式子内親王について、「日本詩人選」の一冊に書き下ろすために下鴨神社の宮司様をお訪ねしたのは四十年も前のことになる。「齋宮記」や「賀茂齋院記」「皇帝紀抄」などを読んだのは、内親王歌の愛誦からはずっと後れるという浅学であったが、内親王歌への最初の接点となった一首は、未だにその魅力を失っていない。定家撰の「百人一首」や、勅撰の「新古今和歌集」に採られている「玉の緒よ」一首をはじめとして、世にひろく愛誦を伝えられている歌は少なくないのに、私はなぜかそれらの「名歌」には心動かされるでもなく、ひたすら別の一首を胸に抱き続けていた。

見しことも見ぬ行末もかりそめの枕に浮かぶまぼろしの中

「前小斎院御百首」の中のこの歌をはじめて知った時、一瞬私の中を、熱く走り抜けるようなものを感じた。姿かたちは茫としているのに、この一首の作者の鼓動が伝わってくるようで緊張した。こういう作者の十二世紀の生存がうれしかった。

もしもこの時の感銘がなかったら、あの大胆な書き下ろしなど出来なかったと思う。あの一冊は、「まぼろしの中」一首に動いた自分の詩的な直観を、時間をかけて客観的に証明しようとした作業であったかと思う。

私には楽観的なところがあって、自分の詩的な直観や感銘がいい加減なものでさえなければ、それを追い詰めてゆく作業には必ず出口があるはずだと思ってきた。それが思いつき程度の浅いものであれば、その直観も感銘もやがては色褪せていつかは消えてしまう。放っておいても消えない限り、それは追うべき対象であり、接点に気づいた時からの自分との関係をながめて、分析したり、帰納したり、客観的な証明を求め、与えて、再構成したりする作業は、対象との関係を再認識するための確認作業であると同時に、自明よりもはるかに多い不明で成り立っている「私」を知る作業でもあった。私は飽きることなく、対象と自分との間の往還を繰り返した。

この方法とも言えない方法は、どうやら文章を書き始めてから一貫して変らなかったようである。他人のために作品を読んでいない者として、他にどういう読み方があったかと思う。

むろん経験の程度に応じての感受性の変化は避けられないので、「まぼろしの中」一首の憂いの感受についても、質は同じではない。若いうちは大層観念的な理解での共感親密であり、今はその憂いに自分なりの肉付けをしての愛誦であるが、うたわれた心の向きを肯う心は違わず、その意味では「まぼろしの中」一首には原論的な強さを感じている。

作品とはこういう接し方なので、読んできた作品の数はきわめて少ない。けれども長い年月の間には自然に読みの領域も拡げられている。ただいつでも読みは自分との往還の繰り返しであり、古典と近代との、創作と評論との往還の繰り返しであり、明晰に欠けるせいでそれにはいつも時間がかかった。もうすぐ評論集が出版される。ゲラを読み返しての印象もそういうところに収まっていゆく。

離れての目には砂粒にもとどまらない変化であろうが、年月をかけて書きついだ文章には、やはりそれなりの変化が見られる。それでも対象に熱く反応した一瞬の名残りはどの一篇にも必ずどこかにあって、心の向きとあわせて考えると、自分はひたすら同心円を描いてきただけなのかもしれないと思う。一篇一篇での対象との接点を辿っているうちに、又、未知の自分も増えてきた。

（二〇一二年十一月号）

伽羅を焚く

家ごとの正月用の餅搗きがまだ珍しくはなかった郷里での幼時、寒に入ると、新たに寒餅を搗くならいがあった。瓶に寒の水を張る。そこへ掌で丸めた餅を沈めてゆく。水は度々取り替えた。こうした餅には黴もつき難いし、熱を加えるとすぐやわらかになる。当り前のように従ってきたが、戦争の末期、すでに当り前ではなくなっていた。

真冬に、当り前ではなくなったと切に思うもう一つのことは、樽に塩漬けしている広島菜の重石を、食事の度に外しては菜を取り出し、冷水で洗い、切り揃えていたならいである。水に身ぶるいしながら手を赤くして切り揃えた広島菜の色と香り、それと熱いご飯の取り合わせは、菜も手には入らず、樽も身近には置けなくなった日常ではないものねだりもいいところである。今はプラスチックの容器で送られてくる広島菜の漬物に、有難さを募らせている。

プラスチックの容器から、茎の浅緑も鮮やかな株を取り出し、その香りに大きく息を吸い込みながら見ているのは、若かった頃の母の手の甲のふくらみや血管の色合、手伝ってくれていた老女の節くれ立った手の指や、手首に寄っていた皺である。みんなどこへ行ってしまったのか。

一月十四日の大雪のあと、ここ川崎では雪を見ることもなく立春を迎えた。日中の陽光は寒さを忘れさせても、日没近くなると俄かに温度が下がってゆく。その変化の急速に、毎日初めてのように身構える。夕焼に、並木の梢が震えて見える。

今年の立春の夜は父の逮夜。敗戦の年の二月の広島は珍しく舗道の積雪が凍っていた。出先の会議の場で倒れた父の許へ急ぐ道の危うさ。足の重さ。原爆投下を知らずに逝ったのをせめてものことと思う。逮夜には、何はなくとも父の好んだ豆腐の吸物、それも生姜を利かせた清汁だけは、できるだけ丁寧に出し汁を取ってつくるようにしている。今年は改まった気持もあって、季節外れのものながら私の好きな伽羅を焚いた。

去年（二〇一二・平成二十四）の秋、文化功労者として顕彰された。広島では中國文化賞をいただいた。顕彰式（ホテルオークラ東京）は十一月五日。広島での表彰式（中國経済クラブ）は十一月六日。残念ながら、手術後も本復にいたらず、新しい症状も出たため、いずれの式にも欠席した。顕彰式に続いた文部科学大臣（田中眞紀子氏）招待の午餐会にも、その後の皇居での、天皇皇后両陛下のお茶のお招きにも出席できなかった残念は尾を引いたけれど、栄誉への感謝に、つとめて心をしずめた。広島での表彰式には、旧広島女専国語科時代の同級生広藤玲子氏（広島女子大学名誉教授）が代理の出席を快諾してくれた。うれしかった。

私がはじめて自分の著書を持ったのが一九六四年（昭和三十九）、三十五歳の時だった。ほぼ半世紀に近い間、よく売れる本は一冊も書けなかった。難儀な仕事はいくつもあったが、いやな仕事はして来なかった。多くの方々の支えがなければ到底続けられなかった執筆生活を、幸運と思う。

老年に及んでの思いがけなかったご褒美は、やはりうれしい。言うも詮ないことながら、直接報告してよろこんでくれる両親の顔を見たかった。香を燻らせ、先師、先人に次々に先立たれるはかなさにいて、又しても「石壕の吏」（杜甫詩）の一節を反芻する。人間の生そのものが、時空の束の間の偸《ぬす》みか、という認識への促しを辿る。

評論集「「あはれ」から「もののあはれ」へ」は、予定通り十一月二十七日に発行（岩波書店・出版担当清水野亜氏）された。偶然に、顕彰後の最初の出版になった。

表題とした一文は、二〇〇八年（平成二十）に有楽町朝日ホールで行われた「源氏物語」千年紀記念講演の記録である。物語を読んでの、ある時の直観的感動に始まって、作者紫式部への接近を願う一念から抱き続けてきた主題で、調べてみると、一九七九年（昭和五十四）に学習院大学ですでに同題の講演をしていた。しかし今となっては、なつかしいけれど直観頼りで証明不足の不逞なものだったと、恥ずかしさなしでかえりみることはできない。読みの年月の大事を思う。

相変らずの自著ながら、「あとがき」の一節を引用させてもらう。

「顧みる度に、自分は同心円だけを描き続けているようだと思う。小説と評論の間、古典と近代の間をひたすら往き来して。本書の校正刷りを読み返し、期せずして、日本文化の新しい観客になっている自分に逢えたのはよろこびであった。」

もう一つ、去年の秋のこと。

少し前に遡るが、「古典の日に関する法律」（議員立法）が衆参両院の全会一致により可決成立した。九月五日をもって公布・施行。従って二〇一二年十一月一日から、十一月一日が「古典の日」と定まった。

二〇〇八年（平成二十）十一月一日、天皇皇后両陛下をお迎えして、京都国際会館メインホールで行われた源氏物語千年紀記念式典での「古典の日」宣言ののち、「古典の日」推進委員会（委員長・村田純一氏）は、千玄室氏を議長とする『古典の日』推進全国会議」を組織して、「古典の日」法制化に向けての幅広い活動を行ってきた。法制化の決定はこの活動の終りではなく、古典についての国民の関心と理解を深め、古典共有の国民生活を願う本来の目的に向かっての新たな出発を示すものである。

古典を大切に。今更何を、と言えなくもないようなことながら、国民の日常の言語生活が大きく変り、ということは、読み、書きの実態が大きく変り、あらゆる面での国際化が強調され、教育の場で英語が重んじられるのとは逆に古典の扱いがいつのまにか狭められてきている現状では、法制化はよかったと思う。国際化のすすめは、国語をもつ国民の、正体喪失のすすめではあるまい。

よく思うのだけれど、結果として古典がいい作品になっているのは間違いないとしても、古典をはじめから特別視することが逆に古典離れを促してはいないか。もっと身をひいて、人間と言葉のはたらきとの関係から、古代近代を超えて、又日本語に限らず、言葉で生きてきた人間とはどういうものかを見詰めれば、おのずから現代日常語万能にはなり得ないと思う。同じように、特定の時代語、特定の環境の言葉だけが「すばらしい」とも思われなくなるだろう。

「万葉集」がいい。「古今和歌集」がいい。いやそれよりも「新古今和歌集」のほうが、といった議論は、雑談であってもいつも愉しい。ただ、いずれをいいと思うかの根本は、自分が本当にそう感じているかどうかであって、どんなにすぐれた有識者の発言であっても、それに受身で追随している限り、知識として迎え靡いている限り、その作品のよさは自分のものとはならないだろう。自分のものとはなっていないものやことについて言い続けるのは虚しいし、そこから新しいものはまず生まれ得ないだろう。

日常の言語生活も、消費者一筋で終るか、細々でも生産者に入るかどうかは小さくない岐れ目で、少なくとも消費者で終りたくないなら、日常語にも人間の歴史があって、ある日突然に出現したものではないということに心を分ける必要に迫られるだろう。

生活環境の如何を問わず、人間は人間の言葉遣いの程度にしか生きていない。その程度にしか、他に関っていない。その気にさえなれば、いつでもいい言語生活ができる、とはいかないから厄介である。読み書きの時間の重みは侮り難い。これはよくなかったと省みることができるようになった過去の自分の言葉遣いに、痛いような説得力を感じているのは私だけだろうか。一日一回でも無意識の言語生活に歯止めをかけられるかどうか。

いつの時代でも、日常語は生活環境の最たるものだと思う。この生活環境を変えてゆくのは国民であり、その環境に変えられてゆくのも又国民である。人は言葉で生き、言葉に生かされる。日常生活と切り離せない日常の言葉をどうみるかは、人間をどう生きるかに繋がってゆく。それは知識としてのみの古典に通じることとの不備にも気付かせてくれる。

日常の言語生活の延長線上に自然に求められてくる古典、そういう古典に親しむ環境づくりは教育の大きな役目だと思う。はじまりに、八人のよびかけ人（千玄室、秋山虔、瀬戸内寂聴、芳賀徹、冷泉貴実子、梅原猛、ドナルド・キーン、村井康彦の諸氏）をもつ「古典の日」推進委員会の今後の活動への期待も、このことと別ではない。


（二〇一三年三月号）

靄は晴れなくても

三月に入った。

立春前の氷雨の日には、過ぎたあのご大喪の日の寒気がよみがえり、テレビで放映された葬場殿での天皇陛下の御誄を、誇らしい日本語として聞き入ったのもつい先頃のことのように思い返されたのに、今や春光はあたりに満ちて、例年より遅いと予報されていた各地の桜の開花も、次々に改められている。

それにしても、思いがけない大雪に立ち竦み、荒々しい冬に身構える日があまりにも長く続くかと思えば、にわかに春めいて、桃に連翹と雪柳が近くの畑沿いに咲き揃うのも間なしかと思わせるこの陽気。

このところ繰り返されている自然界の荒々しい変化を、とかく不穏と感じる折が増えてきてはいるものの、晴れている限り空は朝焼けも夕焼けも美しい。色が冴える、澄む、というのは、こういう空の色にこそふさわしいと見入ってしまう。色に深みがありながら濁りのない状態。長く目を預けていると、果てもないところへ連れ出されそうになる。

陽が落ちてしまうと、まだあかりをともさない部屋で、侘助の白がぼうと浮かび上がる。私の好きな時間。すぐ左手の社宅の遊び場にはブランコがあったはずなのだが、もう大分前からブランコを漕ぐ音を聞いていない。

そう言えば、近回りの空地で遊んでいた学校帰りの小学生の姿も、声も、いつの間にか消えてしまった。あの畑に沿った花の道も、以前は、先生に引率された園児の列が騒がしく膨らんだりすぼんだりし乍らよく通り過ぎて行ったものだが、それも見かけなくなって久しい。

静かになった。

本当に静かになった。

もっとも、この部屋のずっと下の階には、受験を控えた小中学生、高校生のための学習塾があって、必勝と書いた鉢巻姿の一群が親達に見送られて、車で合宿に向かう様子を目撃したことはある。彼等にはもう空地で遊んでいるひまはない。

空はあれほど澄んで平安そのものであるのに、私は相変らず目に見えない靄の中から脱け出せないままである。どれ一つとってみても自分一人の力でどう出来るというものではないが、一旦事が決まれば決して無関係で生きてはゆけない心重いことに取り囲まれている。

中でも、東京電力福島第一原発事故から二年経って、未だに収束をみない事故処理についての最近の様々の報道は、国策に沿い、経済効果優先で原子力を利用してきた電力会社の運用の実態を伝えて怖ろしい。原発廃止を目標に掲げた前政府の政策を、新政府はゼロベースで見直すという。事故現場にはまだ立ち入れない部分があり、事故の調査が完了したとは知らされず、危険な多量の廃棄物の最終処理についての見通しもたっていないというのに、原発稼働継続の安全確保は国民にどのように示されるのであろうか。

去年（二〇一二・平成二十四）十二月十六日の衆議院の選挙は、野党であった自民党復権の選挙となった。投票の結果にもとづく野田民主党の大敗と安倍自民党新政権の誕生は、ともに民意のあらわれには相違ない。あれほど自民党の政権維持を拒んで二〇〇九年八月の選挙の結果、民主党政権を実現させたのも民意のあらわれ。そして又、東京の明治公園に寄った、脱原発を訴える一万五〇〇〇人の市民集会（主催・さようなら原発一千万署名市民の会）もそのほかではない。国土と国民の生命、財産を守ることを強調している政府は、安全性の確保されていない原発稼働に反対するこの民意に、どう対応してくれるのであろう。民意の土台は叡智。民意をいかに読むかも叡智であろう。

長い間、為政者は政治の専門家だと私は思い続けてきた。決意や理想を掲げるのは、一般国民といっしょでも、それで終ったのでは為政者ではない。しかしその実行は当然のことながら国家の命運に関わっている。国土と国民の生命、財産を守る決意はありながらそれが守れなかった悲惨な「事実」の一つが、一九四五年八月六日に始まる広島のそれである。

私は生きてそれを体験した。悲しいことに私は広島の多くの被爆者とともに未だにその影響のうちにいる。日本には前例のなかった原子爆弾の国土と人体への影響は、半世紀経っても、分明をはるかに超える不明を残したままである。解明され尽していない放射能との不当なたたかいを、消えようもない不安とともに自らの運命として背負った被爆者の多くは高齢化し、「予想外」の生を終えた者は数知れない。

残り少なくなった被爆者の一人になって思うのは、広島のみならず、長崎やチェルノブイリの前例もあるのに、せめて広島、長崎での被害が、忌むべき一時の現象ではなく、国策そのものの歴史の「事実」として直視され、認識されて、謙虚な調査研究が重ねられていたら、東北の原発事故への対応もこれほど手こずらないですんだのではないか、多くの国民の不安をかき立てないですんだのではないかということである。しかし今それを言ったところで「逆さまには行かぬ月日」、事実を事実として見る勇気と謙虚さを失わず、考える国民の一人として、民意の質を高めてゆく迂遠の道を、辛抱強く歩むほかないのかもしれない。たとえ靄は晴れなくても。

家の外でクラシック音楽の演奏を聴く機会のほとんど無くなっている私にとって、日曜日の朝、NHKラジオで聴く「音楽の泉」と、年の初めにウィーンの楽友協会からNHKテレビで中継される「ウィーン・フィル・ニューイヤーコンサート」は、逃したくない音楽番組である。

「音楽の泉」は、堀内敬三氏の解説で長く続いた名番組だった。現行の皆川達夫氏になってからは、音楽を聴くのは好きでもその筋の知識に乏しい私には、要を得た簡明な案内が有難い。言葉による鑑賞や解説の中には、その人の感覚的な享受がこちらに真直ぐには届かず、本人だけの陶酔に辟易する場合も少なからずあって、修飾語は余程吟味しなければ効果がない、とか、自分の感覚的な享受を他人に伝えるには、一度は他人事を見るような目での突き放した見直しが要る、などとあれこれ気にしていると、結局何を言われたのか分からなくなってしまう。

皆川氏の案内は、言葉数が少ない。作曲者についても楽曲についても、肝要な最小限の知識を与えられて、早く聴きたいと思うようになる。修飾的な言葉は極度に抑制されていて素っ気ないほど。しかし案内のどの言葉にも実がびっしりと詰まっていて、その選択と接続に音楽の人としての姿勢は隠れようもなく示されている。そうした姿勢があればこその簡明な言葉選びだというべきかもしれない。聴く自由を妨げられることもなく、むしろ煽りそそる働きかけに浮かれて、三月三日の日曜日には、ウラジミール・アシュケナージのピアノ演奏でショパンの即興曲をいくつも聴いた。聴き馴れているショパンではないショパンに逢ってはじまった一日。湧出する才能ののびやかさ。

今年のニューイヤーコンサートの指揮者はフランツ・ウェルザー＝メスト。このコンサートではこれまで取り上げられていなかったというワーグナーやベルディの曲が加えられていた。悠々として流線的な指揮の姿であった。その表現の簡明には、演奏する作品を軀にすっかり所有している人だけのものと思われる明晰があり、静謐があった。とかくの批判はあっても、カラヤンの指揮をやはり美しいとなつかしむ。明晰と気品。繊細と大きさ。それはすぐれた文学作品の属性でもある。

（二〇一三年四月号）

春の嵐

葉桜の萌黄に躑躅の淡紅。

時折日が翳って突風が部屋の窓に吹きつける。

芽吹いたばかりの欅並木の梢は大騒ぎ。

新装歌舞伎座は、坂田藤十郎が祝儀の曲で鶴を舞う「柿葺落《こけらおとし》四月大歌舞伎」。

各地の入学式や入社式の模様を伝える報道は、おおむね春光に背かぬ明るさである。それでもやはり私は目に見えない靄の中からは抜け出せず、前回と又同じようなことを書かずにはいられない自分と向き合っている。

福島第一原発に関する最新の報道は、事故後の原子炉冷却に伴う大量の汚染水が、地下の貯水槽から流出しているというもの、しかもこの度の流出は、一昨年十二月の政府の「収束宣言」以降最大の規模なのだそうである。現場の施設の耳目を疑うような「トラブル」、鼠一匹のための停電騒ぎもついこの間知らされたばかり。汚染水の最終処理の見通しも立っていないのだという。

事故後の重なる「トラブル」の報道はいつも遅れがちの上に不明な点が多い。私は四年間、原爆投下の広島で暮らし、土地を離れて後も今日まで解き明かされていない放射性物質の影響を恐れ続けてきた者の一人である。広島長崎といわず、公にされている他国の例をも含めて、明らかに放射性物質の影響と分かる異常と、影響は推測されても解明には至らず、従って断定はされないままの異常との重さから逃れて生きることはできなかった。

さし当って目にみえないようにではなくても、私達の暮らしと同じく、待ったなしで進んでいるはずの放射性物質の汚染について、解明ずみではないために案じないではいられない。そして考えれば考えるほど靄は濃くなってゆく。事故にもいろいろの種類があるけれど、この度の事故が、一刻の休みもなく、特定の地域を超えて影響を及ぼしているであろう事実についての、為政者の危機感を疑わずにはいられない。

柿葺落を控えての歌舞伎役者勘三郎、團十郎の病死は残念というほかはない。けれども共に現役の後継者のあったことは、この度の興行にとってだけでなく、二人の役者の死を残念ひとつには終らせない歌舞伎の今後への頼みのよすがとはなっていよう。

もし、と思うのも詮ないことながら、今日、戸板康二や宇野信夫、さらには三島由紀夫の三氏に生あって、東西の歌舞伎役者が相集う新歌舞伎座の記念興行が観られたなら……かつて自分が親しんだ三氏の劇評を、新聞雑誌のどこかで読みたいという気持が強く動いた。

私は劇評の類をことによく読んできた者ではない。ただ、当の芝居を自分が観ていてもいなくても、この三氏の文章には読む度ごとに説得される三通りの芝居好きが脈搏っていた。いい加減でない「好き」が、「好き」を突き抜けてゆく爽やかさが快かった。劇評には、文芸時評や歌合の判詞に通じる要素がある。短くても長くても、又簡潔でもそうではなくても、周到に構えられた演劇論や役者論などとは異る風通しのよさや、条件反射的に求められる反応の俊敏さがあって、それがかえって評者の生地《きじ》を端的に顕す場合も少なくない。

失礼をかえりみず言えば、戸板康二の、一見無愛想な、センテンスの短い劇評が、息を詰めて放たれた一本の矢のような鋭い熱さをもっていると気づくのは大分後になってからで、そこまでは思い至らなくても、筆者の豊富な知識と、積年の、読む観るの経験が、ただ一回の舞台に反応して青い火花を散らしているさまに見入る自分は、いた。胡座をかいているような言葉遣いにも気づかなかったし、難解な言葉もなかった。短い文章の力強さに言葉の結びつきの必然性の強さを感じた。

戸板康二の文章に較べると、宇野信夫、三島由紀夫の文章は、批評の甘さも辛さも独特の色濃さであった。考えてみればこの二氏は劇作家でもあって、他人行儀ではすまない芝居の読みに、創る人ならではの目の甘さと辛さが生きていたように思う。並みの芝居好きや知識頼みの人にはとても書けない「好き」の鼓動が生温かく伝わってくるような文章だった。

それにしても去年から今年にかけて何人の知友を失っただろう。恩恵を受けた先人から同年の友人まで、次々に先立たれてゆくさまを思いめぐらすと、私の周りにはまるで人さらいの風が吹き荒れているようである。


一夕、会社勤めをはじめた若い女友達をもてなした。と言っても、私がこんな不如意な体調なので、それらしいお店への招待も出来ず、わずかな手づくりに気持をこめた。若い女友達といっても大学を卒えたばかり、孫ほどの年齢の開きなのだが、私としては女友達とよぶのがいちばん自然な間柄である。Tさんという。

何日か経って現れたTさんが、

「この間はご馳走さまでした。これは私からのプレゼントです」

と言って、真新しい紙の包から一冊の新書を取り出した。三島由紀夫の「文學的人生論」。新刊ではない。昭和二十九年十二月発行の河出新書61。装幀庫田叕。カバー林武。本を掌にした瞬間私は息をのんだ。

Tさんは、時間をかけてインターネットでいろいろ調べた挙句、滋賀県の古書店に在庫があるのを見つけ、注文して送ってもらったのだという。口絵に土門拳撮影の肖像写真が付いている二刷で、初版の発行はその一と月前。定価一二〇円だった。

「よく見つけてくれたわねえ。ありがとう、本当にありがとう」

私はやっとそれだけ言うと、あとは動悸をしずめかねながら本の表紙に見入った。

この川崎の土地に移ってくるまでの二度の引越しで、心ならずも失ってしまった大切な本の中にこの「文學的人生論」があって、何とか手許に置きたいと探したがすぐには見つからず、そのまま年月が過ぎていることを、いつであったかも忘れてしまったが何かの折にTさんに話した記憶は確かにある。自分が三島の愛読者というわけでもないのに、それを心にとめていてくれた年少の友達の好意にまず驚いた。と同時に、この頃ついぞ思い出すこともなかった半世紀前に自分のいた環境が、突然生々しくたち現れたことへの驚きが重なった。うろたえた。

昭和二十七年早大卒業の春、私は大学時代の恩師青野季吉先生のすすめと紹介があって、神田の河出書房に社長を訪ねた。河出孝雄社長との面接後、幸いにも間もなく採用が決って編集部所属になった。三年間は見習社員のつもりで、と言われた。

木造の社屋は大きくはなかった。編集室は二階で、毎朝床に如露で水を撒き、箒を使って掃除をした。道端で編集者がそれぞれの机に向かって自分の仕事に没頭しているような、とりつく島もない空気の中に、容易に立ち入らせない何かがあって、それに気づく度に見習社員を意識した。

直接の上司は極度に寡黙な人だった。見習三年と言われても直接具体的に教えることは何一つせず、とにかく自分のしていることを見て覚えよという態度だった。それでも、私を連れて自分の著者関係を訪ね、今後この者をよろしくと、ぎこちないけれど親切な紹介を続けてくれた。

はじめて出版社に勤めるについては、生意気にも希望も理想も確かにあった。しかし本は手放さない毎日でも、本造りについては全くの無知。とにかく編集者なるものの基礎を身につけるまではひたすら忍耐と我慢だと自分に言いきかせた。一日も早く校了紙に赤字で責了と書けるようになりたかった。編集会議で自分の企画を通せるようになりたかった。

思いもかけなかった一冊の新書の到来に私が動揺したのにはもう一つ理由があった。今のように物を書いて暮らす生活など考えのどこにもなく、文字通り見て習う生活に一所懸命だった。やがて編集会議にも出られるようになったが追々に道の険しさを実感するようにもなった。造りたい本の企画を出しては会議で否決され、気持を立て直して提出しては又否定されるということを繰り返したあとで、先輩のお手伝いではなく、企画が初めて認められ、著者交渉から本造りを自分で担当できた最初の一冊が三島由紀夫の「文學的人生論」だった。本造りといっても、会社という機構の一員であったからこそかなった出版物ながら、編集者としては最初の作品が、三島の既発表の評論と随想の中から自分で抜粋編集した本書であった。半世紀前。

林武氏のカバーが、友人達にも評判がよくてうれしいという著者からの葉書の、律儀なだけでなくのびやかさもあった筆蹟がなつかしく、目黒区の緑が丘の三島邸での、あの大きな笑い声が蘇って、私は息苦しくなった。うちなる春の嵐に心乱れた一日であった。

（二〇一三年五月号）

「やさしい古典案内」のこと

良書を得た。

日本の古典文学について。

佐々木和歌子著「やさしい古典案内」（角川選書）

読み易い。自由にのびのびと書かれている。二八〇頁程度の分量であるが、その内容の重みは世に少なくない類書と一線を画している。文学の通史や古典案内の多くが、とかく知識の提供にとどまりがちなのに対して、本書では、著者の作品の読みのほどが文章の息遣いで伝わってくる。稀な経験をした。

私自身まだろくに学んでもいない時代、戦時中女学校の教室ではじめて読んだ日本文学の通史以来、味気なさで消えがちな文章のあれこれを思い返し、目的による書かれ方の違いはあったにしても、たとえば高校の副読本として本書を知れば、若い世代の古典に対する拒絶反応ももう少し違っていたかもしれないなどと思った。

以前にこんなことがあった。

海外勤務でヨーロッパ滞在中の知り合いが、日本文学の案内書を至急送ってほしいと頼んできた。さて、何を選ぶか。彼が求められているのは、外国人に向けての日本文学の簡明な説明であった。彼は文学専攻でもなければ、これまでに特別関心をもった古典作品もないという。しかし職業柄出席せざるを得ない度々のパーティで、相手の国の文学や愛読書のことを、季節の挨拶でもするかのように問いかけてくる誰彼に、彼がすっかり怖じ気づいているのが分かった。

考えてみれば、自国の会社を背負って取り引きの場に臨んでいる人達の社交の場で、共通の話題として文学や音楽が取り上げられるのは自然であろうし、そういう社交場で、人々はお互いの国の文化の水位を無意識のうちに示し合っているのかもしれない。知り合いの慌て方がよく分かるので、私も一所懸命探した。

今更のように入門や案内の良書を得る難しさを知らされた。昨日まで別の方向に顔を向けて暮らしていた者に、今日突然向きを変えて聴き入ってもらえるようなものを選ばなければならない。知識の提供だけなら年表風の羅列ですむかもしれないが、内容に関わって簡単でも説明をとなると、容易ではない。

個々の作品の読みに責任をとろうともせず、他人事のように時代を区切り作品を羅列している文章で、多くの読者への訴えかけを望むのは無理であろう。勢い読者は置き去りにされてしまう。

その後、私は中学生のための「古今和歌集」を書く身になって、読者としてだけでなく、著者としての入門書記述の難儀に直面する。和歌とはどういうものかの説明から入らなければならない。和歌を客観という吹きさらしの場にさし出して、自分で組み立てて見せなければならない。

遅ればせながら気がついたのは、他人のために何かを易しく書けると思うのは思い上がりもいいところだということである。単純ではない平易な文章が望まれるとすれば、その平易は、自分に即して生まれた必然性のある平易に限り有効である。つまり自分の内奥で、対象との関係をいい加減にではなく絞り上げ、更に他との関係の中に見定めて選ばれるのは、抽象的でも観念的でもない具体的で平易な言葉のはずで、そこから出発している文章なら説得力も期待できるだろうと思った。

横道に逸れた。「やさしい古典案内」に戻る。読み易くて自由にのびのびと書かれていると先に記した。この自由は、我儘でも放恣でもない。新しい研究も参考にして厳密に読み込んだ作品（テキスト）と作者を、つねに日本人の歴史、日本文化の歴史の中において有機的に把握し、限られた数ではあっても、個々の作品、作者と、自分がどう繫っているか、その関係の絞りに責任をとろうとする潔い態度の属性がこの自由なのであろう。学問の仕込みのないところにこの自由はない。同時に、言葉で表現する人間への限りない関心と愛情、著者自身の国語による表現への抑え難い欲望のないところでもこの自由は生まれないと思う。紹介のために、目次の中からあえていくつかの項を抜き書きする。

文字を手に入れてすべては始まった——歌を詠む日本人
異国の文字で書かれた母国の歌——『万葉集』
やっぱり和歌がお好きでしょう——六歌仙と『伊勢物語』
この思いは三十一文字じゃ収まらない——散文への目覚め
どうしても「かな」で書きたかった船旅の記——『土佐日記』
女性が日記を書くということ——『蜻蛉日記』
この気持ちを名づけるなら、無常——時代の転換期がもたらした心地よい絶望
「この世は無常」だってわかっているけれど——『方丈記』
魂鎮めの声がきこえる——『平家物語』
動乱期が心を揺さぶる——中世的ものの見方、感じ方
太平ならざる物語——『太平記』
平和の時代の贈りもの——「古典」から旅立つ江戸の文芸たち
元禄の世に言葉が賑わう——井原西鶴、近松門左衛門

顔かたちこそはっきりしないものの、大伴家持も、紀貫之も、鴨長明も、兼好法師も、自分の傍らで呼吸しているように思われる瞬間が幾度もあった。

笑われるかもしれないけれど、私は、生きている限り日本のお米を主食としていただきたいと思うものである。ただしお米でさえあれば、質に少々開きはあっても廉い方がよいという考えには与しない。炊き上ったご飯の香りと白さ。日本の風土で栽培された稲は上質で、果実の米の味のこまやかさとしつこくない粘りのよさは格別である。とにかく美味しい。日本列島の土を、自分の手で汚すのはとんでもないことである。

一国の文化の源は国語である。

日本のお米は、長い間、日本語の、日本文化の基盤に関わってきた。むろん日本人の食生活は、主食のお米で統一できるほど単純ではなかったし、それは今日にも及んでいる。私とても時にパン食を併用する。戦後の日本人の食生活は大きく変った。それでも多くの日本人にとって、お米が主食である時代が終っているわけではないし、そう簡単には終りそうもない。

北極でも南極でも「源氏物語」は生まれなかっただろうし、京都や奈良でも「静かなるドン」は書かれなかったろうと考え出してから、人の言葉遣いと生活環境との関係、とりわけ成人するまでの生地の風土の影響について、侮れないものを感じるようになった。

意識だけでも、無意識だけでも成り立たないのが文章だと分かるにつれて、表現行為において意識が虐げてはならない無意識の領域での、お米と言葉の関係が浮かび上がってくる。生活環境としての風土に、無意識のうちに味覚や言語感覚を養われ、意識がとり入れるものと絡み合っての人間の成長過程で、主食のお米が果している役割が浮かび上がってくる。日本の土を粗末にしてはいけない。言葉遣いを粗末にしてはいけない。

義務教育に英語が取り入れられるのはよい。それならば、それと同等に、というよりもそれ以上に重んじてほしいのが国語教育である。国語の運用の覚束ない者に、英語のいい加減でない運用が恃めるだろうか。国語を疎かにして国際性の尊重はないだろう。

時間をかけて劣化させたものは、それ以上の時間を充てる覚悟がなければ元には戻らない。時間を充てても戻らないものも少なくはない。制度を変えても、運用次第で全く効果のない場合がある。

さし当っての都合や目先の効果ではなく、一国の文化の源としての国語の重みを重みとする人に、そして「百年の計」をもつほどの人にこそ、教育制度の改革はふさわしい。日本語はすべて美しいのではない。気楽に「美しい日本語」という人もいるけれど、ある人がある時ある場所で示した日本語の運用の仕方がよければ「美しい日本語」になり、運用が悪ければそうはならない。抽象的な日本語は、ない。急に思い立ってその気になれば、すぐにいい運用ができるというわけにはいかないのが言葉遣いの厄介さである。

よくない事件があって報道の人のマイクを差し向けられたある小学校の校長先生が、ためらいもなく「生徒にしてあげる」を連発しているのを聞いた。これもテレビで、生徒に人気があるという中年の女教師が、語尾に力を入れて、音を長引かせている。どうして「とか」をつけてぼかすのか、つけなくてもいいのに、と思い、いきなり「なので」「ですので」で始まる物言いに、いらいらすることもある。言語感覚は人それぞれのもの、そうだとしても、年少の国語教育はとりわけ厳密に、と願わずにはいられない。制度の教育ではなく、教育を勘違いしていない教師の、国語尊重の教育を願っている。日本の今後のためにも。

（二〇一三年六月号）

明晰の救い

朝の四時頃には新聞が配達されている。その日の天気にかかわらず、夜明けの東の空の刻々の変化は、眺めているだけでしおらしい気分になる。一日のはじまり。大方の時、予定や予想とは、ずれて終りがちな一日のはじまり。近くに次々のび上がる高層住宅で、仰ぐ空は狭くなった。私の住んでいる建物も、きっとどこかの窓からの空を狭めてしまったことだろう。

珍しく同じ電柱からの上下の電線に分かれて鴉が啼き交わしている。毎日ではないけれど、早朝犬の散歩を日課にしているらしい中年の女性に気づく。見る度に帽子が違う。違うと言えば、犬が幸せかどうかは別として、犬に着せている服もその都度色合が違う。見下ろす遠目には、模様までは分らない。それでもこのところ色数の増えた花の鉢が建物毎の入口を飾っている通りを、この人と犬が過ぎてゆく眺めは平穏そのものである。

週に二度、もう半年近く通っている整形外科のクリニックは、高台の住宅地の中にある。手術後の患者のリハビリ専門の診療所で、手術を受けた病院で紹介された。手術を待っている患者が多く、術後入院のままの長期リハビリは無理とあっての考案と聞いたが、恩恵を受けている患者は少なくないと思う。歩行不如意でタクシーを利用するせいもあって、うちからあまり時間がかからないのも有難いが、はじめて訪ねた時にはびっくりした。

舗道を挟んで同じ間取りらしい二階建住宅が蜿蜒と続く。信号のない十字路を越える。どの家にも表に同じつくりの車庫があって、通りに面した生け垣の新緑に輝く樹木の種類、ととのえ方まで同じ。しかもこの家並は通りに面した一列だけではなく、奥に向かって数列重なっている。タクシーを運転する人に聞くと、ある大手企業が私有地を分譲地として売出したのだという。

静かだ。私の通る時間も一定ではないが、歩行者に会うことは滅多にない。車を見かけることも稀である。ひっそりした住宅地の一部が突然抉られたかたちで、駐車場のかなり広いクリニックが建っている。全く余計な心配であるが、一日の勤めのあとアルコールでいい気分になった人が、他家の玄関のベルを押して帰るようなことはないのだろうか。

とにかくこの高台の空間に入ると、環境は一変する。次元が急変するような瞬間。半年続いた経験。この眺めも又平穏そのものと言えなくはない。私は平穏が好きである。静寂を好む。静謐に惹かれる。それにもかかわらず、もう長い間取り囲まれている目に見えない靄はいっこうに晴れる気配もなく、自力の限りを思いながら靄から抜け出せないままである。

多量のニュースが日々新聞、テレビ、ラジオで報じられている。私の接しているものはむろんその中のごく限られた部分でしかない。それでもなお、内容を消化できないまま見送ってゆくニュースの累積。この消化不良の原因は、自分の常識の欠如、理解能力の不足による場合が多い。しかし必ずしもそうではなく、たとえばニュースの伝える為政者の言説などに納得できず、しかしそれに対応すべき自分の思考がまだよくはととのわないうちに、又次のニュースを伝えられて消化不良が続く場合もある。

旅がつづいていた頃、はじめての土地の書店で、少年少女向きの図鑑類、百科事典類の前によく立ったものである。はじめての書店では、本棚の分類が分かっていないので、いきなり文芸書の前に立つのは難しい。それとなく辿ってゆくうちに、少年少女向きの図書の棚が分かるとつい足をとめて、自分に甚だしく欠けている常識の補強をしたり、基礎知識のひそかな確認をしたりして、しばしば時を忘れていた。

人にはそれぞれ異る語感があって用語の選択も色々。この好悪、この自由に他人が優劣をつけられるものではない。その好悪、その自由に、防ぎようもなく「その人」があらわれるとしても、この頃の時事ニュースのように消化しきれない内容が急増してくると、幼時、親のとってくれていた小学生新聞を思い出し、今こそ私は小学生新聞をとるべきかもしれないとも思う。

この頃政府の要人の言葉で気にしているものの一つに「戦略」がある。「成長戦略」「国家戦略」「知財戦略」——にわかに「戦略」が増えてきた。むろん使っていけない言葉ではない。ただこれは私だけの感覚かもしれないが、用語に「戦」の一字が入っているだけで目に力が入り、読みが一瞬止まるほどである。「戦」一字の連想は、反射的に「戦火」「戦旗」「戦闘」「戦力」「戦場」「戦陣」「戦犯」などと続いておさまらず、「挑戦」「交戦」「決戦」「激戦」「血戦」などとも続いて穏やかではない。

戦争を体験した人とそうではない人の用語の感覚が異なるのは当然であろう。体験の仕方にもよると思う。経験と全く分離してはあり得ない想像の限界ということもあろう。それでも私は、たとえば料理に「挑戦」するなどとはとても言えない一人である。政策はなぜかくも「戦略」とか「矢」を必要とするのであろうか。そこがよく分からない。用語だけではない。時事ニュースの内容にも私には消化しきれないものが多くあって、立ち往生のまま時ばかり過ぎて行く。その例一つ。

六月七日の「朝日新聞」に発表された安倍晋三首相と、オランド仏大統領による「日仏共同声明の骨子」には、「原子力発電が必要」。「武器の共同開発・生産。輸出管理枠組み創設」などの項があって、各国への原発輸出の相携えての約束がうたわれている。

私はゆっくり読んだ。幾度も読み返した。

原因は異っても、二度の被爆を経験し、しかも福島の東京電力第一原発事故原因の徹底した検証は未だに果たされず、事故処理の過程で、常に遅れて発表されてきた度々の不手際は、当事者の放射能や原発についての知識さえ疑いたくなる恐ろしいものである。

事故処理についての見通しも未だに不透明、原発利用の確とした安全保証も示されていない状態で他国に原発を売り込むという行為をどう納得すればよいのか。自分が広島の被爆者であるための疑問か。福島で核の惨禍に遭い、突然に肉親や住み馴れた土地、生業を失い、すすまぬ復興支援に将来の生計を思い描くことさえ出来ず、これ又よくは分かっていない放射能の人体への影響に怯えながら憂鬱な日々を余儀なくされている人達に、この共同声明はどう聞かれているのか。

時によっては連呼される為政者の「人命尊重第一」を、虚しい声とは聞きたくない。その上、今又なぜ「憲法改正」なのか。どうして憲法九条は、九十六条は改めなければならないのか。

「日本国憲法のもとに、立法権と行政権と司法権があり、国会と内閣と裁判所がある。それは誰でも知っている。たとえば立法権は国会に分配され、国会は立法府として単純多数決(つまりは過半数の賛成)で法律をつくっている。これも常識だろう。ところが、それらとは別に、憲法改正権という、もうひとつの権力がある。」

これは平成二十五年(二〇一三)五月三日に「96条改正という「革命」」と題して「朝日新

聞」（オピニオン面）に掲載された、憲法学者石川健治氏の文章の冒頭である。法律の勉強はしていないし、日頃から常識の欠如を恥じている私でも、ゆっくり読んでいけば分かるかもしれないという気持になって、思わず身を乗り出した。道筋のはっきりした文章にひきこまれた。

立法府には「単純多数決」（過半数の賛成）と「特別多数決」（三分の二の賛成）の定めがあること。憲法改正の発議に関して、立法府に特別多数決の定めをおく憲法は「硬性憲法」に分類され、立法府が単純多数決ですませてしまう憲法は「軟性憲法」に分類される。日本国憲法には通常の立法手続きよりも更に高いハードルが課せられていて、両院の総議員の三分の二以上の賛成を必要とする「硬性憲法」に分類される。

このような説明からはじまって、私など日常考えてみたこともない「憲法改正権」はいかに行使されるべきかに向かう氏の案内はきわめて平明、かつ整然としている。氏は、国会が憲法改正を企てた時、必ず国民投票にかけることを求めている九十六条に、日本国憲法改正手続きの特徴をみたあと、論の半ばでこう記している。

「現在の日本政治は、こうした当たり前の論理の筋道を追おうとはせず、いかなる立場の政治家にも要求されるはずの「政治の矩《のり》」を、踏み外そうとしている。96条を改正して、国会のハードルを通常の立法と同様の単純多数決に下げてしまおう、という議論が、時の内閣総理大臣によって公言され、政権与党や有力政党がそれを公約として参院選を戦おうとしているのである。

これは真に戦慄すべき事態だといわなくてはならない。その主張の背後に見え隠れする、将来の憲法9条改正論に対して、ではない。議論の筋道を追うことを軽視する、その反知性主義に対して、である。」

更に乱れのない論述がつづく。眠りからさめたばかりのような今の私は、逆らう何の余地もなく、もう一度、いや繰り返し読むべき文章と思う。この文章の明晰に救われて、残り少ないとはいえ、わが身いのちひとつを預けている日本国の今を、よく見なければと思っている。


（二〇一三年七月号）

今年の夏

　ふるさとの雪の夜山がとどろけり
迷ひなく　汝がふるさとに帰りこよ。いくさに果てし　若き魂
　炉は消えて吾《あ》を抱く母のほつれ髪
里にくだる道は絶えたり。しんしんと降りつむ雪に梁きしむなり
　踏みしめて砂鳴る浜の春ふかし
紀の国の網元がかつぐ初鰹。神にささげて　世を祈るなり
　松風のひびき身にしむわが齢
まれに来て　人をかなしむ苔の下。俊成のごとく　われは歌はむ
　睦月なかば島の桜も咲くらむか
さきがけて　まづ咲きいづる沖縄の　桜の花の　あはれ色濃き

「短歌研究」二〇一三年七月号の巻頭作品、岡野弘彦氏の「村の神話」三十首の中から引かせてもらった。五七五と五七五七七の響合の自然に、短歌と俳句の再認識を迫る力もさることながら、母国の、古今の歴史の直視を避けず発語され、格調を以て澄む氏の作品に、「日本のうた」のあるべきようの一態を知る。

思えば愚かにも、古歌の幾首かには強く惹かれながら、現代短歌は現代人の感受性を表現し得る器かと疑った若い日の年月は短くなかった。少女時代からの戦争と被爆、つづく敗戦によって、とりつくしまもなくなったような心の乱れに、やがてすぐれた古歌の与えた衝撃の深さが、とかく同時代人の短歌への目を冷たくさせたきらいがあったのは否めない。むろん、与謝野晶子や斎藤茂吉らの代表的近代歌人の作品は学校の教材でもあったから、その周辺でも多少の読みはあったものの、近代短歌以降についてはすすんで読みをひろげてはいかなかった。

その蒙を啓いてくれたのが、ある日偶然手にした斎藤史氏の歌集「漁火」や、佐佐木幸綱氏の歌集「真夏の鏡」であったこと、すなわち私にとっては現在歌人によるすぐれた作品そのものであったことは、読みの狭く浅いままに現代の短歌に懐疑的であった自分を恥じ入る大きなきっかけとなった。

今や故人となられた斎藤史氏であるが、私は同時代人の短歌にも多少なりとも反応できる自分の生存にひそかな力を得、その反応だけを頼りに、少しずつ、本当に少しずつ現代短歌への接近を続けた。このことは、遅くになって自分が小説を書き始めた経緯とも無関係ではないらしい。

小説を書き始めてからの経験で言うと、散文で書かれた文学概論や小説作法などよりも、つまり抽象的、観念的な文学評論よりも、惹かれる古歌の反芻に、文学の原論的な喚起を得る場合が少なくなかったので、勢い、和歌短歌の読みがひろがっていったということはある。

たとえば「古今和歌集」の収める雑歌の中には、すぐれた短篇小説が読者の読後に与える感慨でありたいと思うものが幾首もある。これは、短篇小説の中では、作者が決して直接に言ってはならないことで、作者は、読者におけるこの感慨の創出に向かって、具体的な叙事と描写に鋭意つとめなければならないとか、和泉式部の歌のいくつかが示すように、手垢のついた言葉に妙にこだわって意識過剰になり、表現に力を削がれるよりも、用語の組み合わせ方次第で、手垢のついた言葉といえども無二の力に転じ得るという、修辞の上での暗黙の示唆など、私にとっては間接的であり乍ら、というより間接的であるためにかえって実用的な教えが次々に現れるのが小さくないよろこびであった。ひろく言葉の運用について、古歌から受けた恩恵なしに今の自分は無い。

古典も、近代、現代の作品も、それぞれの時代や表現形式の違いにこだわらず、言葉による作品としてまず平等に近づくのが自然という今の自分の姿勢は、かえりみてにわかに定まったものではないけれど、そうなってみて「歌」や「句」への愛着も一層増してきたように思う。お高くとまる必要は全くないし、そういう姿勢はかえって作品の品位を下げもする。作品というもの、その形式内容を問わず、気品を失いたくないと思うし、どんなに猥雑蕪雑な素材を扱っても、濁らない後味を残したいものである。しかしこういう願望は、作者の意識だけでかなうとは思われない難題を含んでいるだけに、それを実現している作品に逢うと仕合わせに思う。そこにいくばくかの「かなしい」気分が添うのはつねとしても。

猛暑である。

もう何日もそうである。

気象情報による暑さの原因の説明を、知識としては納得しても、この情なくなるような暑さに、もしや自分も熱中症かと疑いたくなるような折もなくはない。去年と同じように、クーラーも扇風機も働いているのに一向に涼しくならないと感じるのは、機器の故障のせいかと疑ってみたりもする。しかしそれはやはり外気の温度が原因であろう。

そう言えばあれは確かに涼のあるながめであった――樹齢をしのばせるその根が土を割ってひしめき波打つ木々の間から、はるか眼下にきらめく貴船川に気づいてはっとなった瞬間の鞍馬の山中。姿なく響く柏手の音に、全身で聞き入った日の出前の下鴨神社境内。あるいは又、日中なのに雲の厚い郷里の川の上流で、塑像のようになって水中で釣竿を振り返す釣り人のいた風景。内海の島の夏、山裾を刳り抜いてつくられた洞穴のような貯蔵庫に幼い身を屈めて入り、にじみ出した山の雫が、やがては寄り合って細い流れになってゆくさまに目を奪われた時など、次々に辿れはするものの、所詮消夏の力はない。

そんな猛暑の一日、西の女友達からの宅急便が届く。ボール紙の箱を開いて思わず声をあげた。輝くようなという言い方があるけれど、実際に目の前で濃紫に光り輝いている、よく張った長茄子の重なりに息を詰めた。箱の隅に遠慮がちに収まっているピーマンが、これ又鮮緑に輝いて互いに引き立て合っている。

光り輝く野菜の色艶は、西に暮していた頃はそれが当り前のものだったが、もはや、計り売りは遠い日のこと、ビニールの袋かパックに一定量収まったものの売り買いが大方という日常に馴らされてしまった今、西からの宅急便は快い一撃である。同年の彼女は、先年大きな手術を受けた軀なのにリハビリのつもりで手に鍬をとっているという。同様に術後のリハビリを恃みとしている私には眩しい彼女の姿である。同郷ならではのやさしさに慰められつつ、鞭打たれている。

茄子の輝きに見入っているうちに、ふっと先頃目にした新聞記事の見出しを思い出した。さきの原発事故による被災関係の記事で、その土地に対して二度の除染はしないというものだった。理由は単純ではないらしいが、その事情によくは通じていないのでいい加減なことは言えない。ただ、私達は、土を粗末にしてはいけないという思いが募った。強く募った。

この物言わぬ植物の何物にも代えられない色の冴えと輝き、かたち。陽光と風雨、土と労働、どの一つが欠けても不可能な、人為を超えた稔りのとうとさ。

かつて土地の買収に、お金はいらないから、ここまで手をかけて質をととのえた土を返してほしいと言った人の声の切実さ。叫びの悲痛。それなのに自らの手で土を汚す暴挙。愚挙。経済万能の傲慢について、自分はもっともっと謙虚でなければと思う。物真似でない生産＝創造は、多分人為だけではかなわない。あえて迂遠を選ぶ勇気と意志は失いたくないものである。

「音楽の泉」（NHKラジオ第一・七月七日）で、思いがけずリストの「ハンガリー狂詩曲」第四番と第二番を聴いた。この日の演奏はカラヤン指揮のベルリンフィルハーモニー管弦楽団によるオーケストラ版。たのしみにしている番組だが、いつも予告を調べているわけではないので、馴染みの曲が送られてくると、いい朝になる。

何とはなしの心の乱れのととのいに、古歌に縋る時もあれば、宗教者でもないのに、フォーレの「レクイエム」を恃む折もある。正宗白鳥の短篇を身近に置くのも、岩波文庫の「断腸亭日乗」上・下を手に取り易くしているのも同じような理由からである。この「断腸亭日乗」は磯田光一編の「摘録」であるが、とりわけ戦争末期から戦後にかけての文章の冷静の喚起力は、いつ聞き入っても新しく恐ろしい。

（二〇一三年八月号）

運と縁

連日記録の更新が伝えられている猛暑である。耳目にしきりの「熱中症」、去年の八月にもここに記しているが、その比ではない。温暖と思い込んでいた地域での突然の豪雨。土砂崩れ。堤防の決壊。田畑、市町村の冠水。土石流。転々と移る集中豪雨の地域。日本列島のほぼ全域を危険区域とする近年ためしのない荒びに荒んだ気象がいつまで続くのか。当然の帰結か。それとも何かの予兆か。季題というものを長く重用してきたが、今年の「立秋」への反応に自分の現状を知る。

富山市の高志の国文学館が主催する開館一周年特別展「辺見じゅんの世界」（前期平成25年8月10日―9月23日、後期9月27日―11月11日）の案内をいただく。関連イベントの一つとして、角川春樹、岡野弘彦、有馬朗人、西木正明諸氏の講演会が予告されている。

「当館の初代館長に就任する直前の、平成23年9月に急逝した富山県出身の歌人・作家辺見じゅん。風土や家族をテーマにした秀歌を詠み、一方で民俗・民話の聞き書きや、太平洋戦争に取材した骨太のノンフィクション作品を世に送り出した彼女の文学の原点には、父角川源義の存在がありました」

これは同展のちらしに記された辺見じゅん紹介文冒頭からの引用である。「収容所（ラーゲリ）から来た遺書」や「男たちの大和」などの著者としての辺見氏は読者として存じ上げていたが、お会いしたことはない。同氏が幻戯書房の社長でいられることなど失礼ながら全く知らないままずっと過していた。その書房で、亡くなられる一と月前に、私の久々の短篇小説集「五十鈴川の鴨」を出版して下さっている。出版の申し入れも全く思いがけなかったが、承諾も自分で驚くような早さ。それに承諾後の進行も私には前例のない早さで平成二十三年の八月には見本が届けられた。

出版後わずか一と月での訃報も、ある日たまたまつけたテレビがちょうどニュースの時間で、最初に浮かび上がってきた辺見氏の笑顔とともに告げられたという経緯もあって、驚きの連続に薄められた現実感は今も尾を曳いている。

一度お目にかかって直接お礼を申し上げたかった。しかし今となっては手許に残された二通の手紙だけがうつし身の氏との繋りである。一通は、拙著の出版は長年の願望であったので承諾をよろこぶという主旨のもの。今後の進行はすべて三好咲が担当いたします。何なりと仰って下さいとまで記されていた。

出版承諾への出版社側の謝辞は珍しいことではない。ありふれた言葉も少なくはない。ただ元編集者としては、薄れかかっている感度ながら、三好さんの最初の訪問以来、度々の手紙を含めて、願い出のことはすべて辺見の意向だと伝えられていて、こちらの己惚れもあったとは思うけれど、決してなおざりではない誠意が感じられ、この出版の寒い時期に、読者の多くない私の文章をそこまで思って下さるのならという気持も強く動いた。

出版を小説集でと決めたのは私で、要望は評論、随想いずれかと限定はされず、ひろく文章を認めて下さっていると思われた。評論ばかり続いて長く小説は出版できず、のろのろと書き継いでかなりの量にはなり、内容から気持の区切りはついていたものの、束を出すにはもう一篇と言われ続けていたので、この枚数あれば充分一冊になるとすすめられて気が決まった。

もう一通は見本が出来た直後で、望みの叶ったことへの謝辞と、甘味及び郷里の名水を届けるについての案内があった。

亡くなられた平成二十三年（二〇一一）は忘れようもない年である。東北の大震災と東京電力の福島第一原子力発電所の事故が重なった。私の中では、昭和二十年（一九四五）八月の広島での被爆とすぐに重なったこの年三月の原発事故の記憶については、「二つの記憶」と「広島から広島へ」と題した二文を「耳目抄」の同年、五、六月号に発表して、世界でも解明尽されていない放射能汚染への恐怖を記している。

学びの追いつかないまま、不安と恐怖、不信から解き放たれようもない日が今もつづいている。運用者には当然の運用能力が求められていたはずである。放射能に汚染された水の海への流出を未だに防げない事故処理とはいかなるものか。国は国策として原発利用を推進した。くり返される事故処理の不手際に対して、危機感に乏しいのは東電だけではないと思う。一国の事故というだけにはとどまらないことなのに、この先一体どうなるのか。消えてゆく莫大な費用。誰もよろこばないお金。被災者の住まいと土地、生業の余儀ない放棄。放射能汚染による健康障害。

小説集の標題とした「五十鈴川の鴨」は、平成十八年（二〇〇六）の「群像」六月号にすでに発表し了えていた。「儀式」以来、私は私の広島に近づいたり遠ざかったりしながら、その都度表現の方法を探りつづけていたが、「儀式」で残った問いにはなかなか答えられなかった。ただ数は少ないながら小説や評論を書き続けることで身につけたものすべてを投じて、「儀式」に直結する私の広島が表現できればと思い、その一念に集中したのがこの作品だった。五十鈴川の流れのほとりで、ある時偶然目にした鴨の親子（実際には親子ではなかったかもしれない）が、題を決めてくれた。あの鴨は今どうしているか。

私にははじめての幻戯書房のすすめで、今となっては信じられない早さで出版を承諾したことについては、この先しばらくは、私の広島はもう書けないだろうと判断する作品として

「五十鈴川の鴨」を書き了えていたのが最大の原因だったかもしれない。それに私はこの年の暮に、長い間ためらっていた変形性関節症の手術、入院を控えていた。

手術後の自分がどうなるかは分からない。ただその筋の案内誌全国版で、専門医や手術件数、術後のリハビリについてなどできるだけ調べた挙句、知人は一人もいないけれどわが身にメスを入れられるならここで、とひそかに決めていた病院だったので、決めてからはもう動揺しなかった。できれば手術前に本の形を見たい、という願いも、無理なく果された。書房側に一任していた装幀も、これ又私にははじめての間村俊一氏によって、望外の美しさに仕上げられていた。静謐で、自著とも思わず見入った。30字詰め16行、頁の裾に余白を残し、柱もノンブルも下、中央という組みの工夫が、原稿量の不足を補って、私には申し分のない造本、装幀でこの本は生まれた。そうであるのに……

八月九日。

長崎の原爆の日。

田上長崎市長の平和宣言は、一語一語、よく届いた。外交辞令に滑らない、少なくとも私の代弁者ではあった。為政者に、あの宣言はどう届いたか。

私が昭和二十年八月六日に、広島で米軍の原爆投下に遭いながら命を断たれなかったのは運としか言いようがない。その私が、多数の知友肉親を見送り、とかくのことはありながら、生きのびて今こうして原稿用紙に向かえるについては、数え切れない人の縁の、支えがあったからこそと思う。そうと分かっている縁もあれば、知らないところであやかっているそれもあったであろう。

辺見じゅん氏との仕合せで不仕合せな縁を措いて自著「五十鈴川の鴨」の出生は考えられないが、この縁とても更にはかり難い運の外ではないのかもしれない。人間はとおとくて賢い生きものではあるが、自ら墓穴を掘る愚かな生きものでもある。自力への恃みは、自力の限りを心得てこそのもの、自力を超える運と縁の宙にありながらの限りある生を、今更のようにいとおしいと思う。

（二〇一三年九月号）

夜明けの空から

夜明けの空に夕べの空模様をはかるのは難しい。遠のいてゆくばかりに見える朝の空に晴天の一日を思い、事実そのようにあった日もないわけではなかった。ただ仰いでどのような気持に動こうともそれを妨げず、しかし何を問いかけても答えてくれない私にとっての空の不可解は、うけた生から逃れるすべのない身には限りのないやさしさであるとともに、無意識のうちの愚かな驕りへの抑止力の象徴のようにも見える。

新聞や放送で、増え続ける熱中症への警戒を連日繰り返されたこの夏は、突風やにわかの豪雨、それにまさかの竜巻まであちこちに起こって、それらへの警戒をも促される不穏の日々でもあった。短時間のうちに起こる気象の変化に忽ち災害は拡がって、気象衛星打ち上げの恃みも、気象急変への対応にはまだ遠いのを、勝手を承知で今更のように思い知らされた。

人間の感覚の経験というもの、その重みを無碍におとしめると、どこかで受けている仕返しにそうとも知らず悩まされている場合があるかもしれない。まだ若かった頃の父に伴われた瀬戸内海の手釣りで、漕ぎ舟の櫓を操っていた老船頭の目の力を、物言いを懐かしむ。雲の形、色と動き。風の向きとその温度。潮の色と流れ、遠い波頭の走りよう。それらの怪しげな変化に気づくと、迷いも見せず素早く対応した船頭は、子供心にも頼もしかった。確信にみちていた。

竜巻の見舞を一と言、そう思い立ったまではよかったが、自分には消息をたずねたいのにそれがためらわれる知友がいつのまにか増えているのに気がついて、ペンを措いた。相手は一人暮らしに限られているわけでもない。広島での被爆者には多分通じることではないかと思うけれど、被爆後幸いにしてめぐりあえた親しい誰彼に、気軽にその家族の安否をたずねるのは、憚られた。つい言葉をのんだ。竜巻見舞がためらわれる理由はあの時とは違う。全く違うとは言えないにしても。

ある時点までの消息は承知しているものの、いつのまにか途絶えた音信に、かすかにあった不安要素が次第に膨らんで、不明に立ち入る勇気もなく控えているうちに、こちらが不安の塊になってしまった。これではいけないと踏み出そうにもやはり恐ろしいのである。

そんな折に、思いがけず女専時代の友人から、国語科の同級生の複数の死を知らされた。同年の死は衝撃が強いとはかねて読み聞きしていたことながら、自分が当事者になってみると、胸のうちをゆっくりと錘りが降りてゆくような感覚はたまらない。廃墟での生活を三年共にした級友と、その後上京してからの新しい学友とは、当然親密度が異なる。互いに鎧いようのない三年間の学校生活であった。

学徒動員中のあの夏から、耐えてこの年までという私の感慨に自愛の気持が無いとは言えないけれども、戦争さえなければ、被爆死した知友を含めて、ともにあり得たかもしれぬ人生を思うと、人間の叡智の限りに身が竦む。

「北京秋天」とは、書物で馴染んだ北京の秋であり、私の耳目が得たそれではなかった。生まれてはじめて中国の国土に入り、万里の長城に立って見上げた空が、何の迷いもなく、畏怖の念とともに空ではなく天と仰がれたこと。熱砂の海に放り出されたようなトルファンでも、足許の雪の凍結が深い穿天楊のウルムチでも、又西安近郊の、緑豊かな一望の菜園にいても、なぜか空が天であった記憶。その記憶の中に、たとえ偉業を為さずとも、自力で生きてゆければそれだけで凄いことと尊敬せずにいられないようなあの難しい大地に多くの兵士を送り込んだ日本の、時の政治の叡智とはいかなるものであったのかを真剣に疑った自分がいる。

先月の「東京新聞」（平成二十五年八月十一日）で、伊藤桂一氏の発言に接した。作家として大先輩である氏は、中国で計七年間一兵士としての生活を余儀なくされた方である。書けば二文字の「七年」に、日本の政治の叡智に逆らえない国民の運命が圧縮されている。一部を引用させていただく。

「私もずっと一兵卒だった。戦争の犠牲者の九割以上は下士官より下の兵士ばかり、勝ち目のない無謀な戦いでも、軍幹部の将校や下士官からの命令を受ければ、自分の命のことを考えずに任務を遂行した。

偉い軍人がどう生きたかより、第一線で戦った兵士が何を考えて、どう戦い、亡くなっていったのかをつまびらかに書くことで戦争の実感が浮かび上がる」

「螢の河」「静かなノモンハン」をはじめとする氏の文学の、この世への目の位置を知らせる発言である。「命令する者」と「命令される者」との関係について、平らかな思考を促す言葉に聞き入らざるを得ない。

七年後の東京オリンピック招致もいい。「成長戦略」もどうぞよろしくお願いします。頻繁な「有識者会議」にもそれなりの必然性はあるのであろう。ただ事あるごとに国民の生命と財産を守るのが自分たちの使命と言われる為政者には、「命令する者」と「命令される者」との関係において運用される「法」の実体について、「命令する者」の権利だけでなく、「命令される者」、すなわちそれに背けば罪に問われる者の運命についての、柔軟な想像力の行使を望みたいのである。

「明星」の歌人山川登美子にこういう一首がある。

わが柩まもる人なく行く野辺のさびしさ見えつ霞たなびく

満三十歳になる前に病死した登美子は、早くから同じ「明星」の与謝野晶子と歌才を並び称された。というよりも意図的に競わされた。登美子は本来晶子とは異質の地味な歌人である。対照され易い初期の恋歌について言えば、はなやかさも艶も、翳りの濃さも晶子のほうがまさっていて、登美子の存在は弱い。二人を並べ立てて自身もそこに加わり、「明星」誌の活性化に賭けた与謝野寛の、歌人にとどまらぬ編集者としての才能はしたたかで、そこを早くは充分に見抜けなかった登美子には痛ましさが残る。

しかし登美子は、夫との死別、最愛の父との死別を重ね、自分に迫る病死の予感のうちに急速に歌境を深めた。登美子の「うた」をうたって、日本女性歌史の三つの山脈の一つに連なった。三つの山脈とは私見による分類である。和泉式部と晶子を繋ぐ大山脈の両側に少し控えめな二つの山脈が走っている。その一つが式子内親王と俊成卿女をつなぐ山脈であり、今一つはほとんど孤立状態の永福門院の山脈である。登美子の歌を、私は式子内親王と俊成卿女をつなぐ山脈に連ねる。

さき頃、思いがけない旅立ちを知らされた級友たちが、戦後をともかくよく生きのびてどのように終りの時を迎えたかは知るよしもない。今はただ彼女たちの冥福を祈るのみである。

和泉式部にも、

立ちのぼる煙につけて思ふかないつ又われを人のかく見ん

の一首がある。類歌は更にさかのぼれるが、登美子も恐らくこうした先人の作を読み知ってはいただろう。

以前はそれほどでもなかったが、私は近年になって、さきの登美子の「わが柩」と引き合うような晶子の次の一首にも注目するようになっている。

いづくへか帰る日近きここちしてこの世のもののなつかしきころ

二人の歌人の比較は、恋歌よりも、「わが柩」「いづくへか」二首の比較のほうがいいかもしれない。私の「時」を知らされることでもあるが、「いづくへか」を収める「白桜集」はやはり稀有の歌集だと迷わずそう思う。

（二〇一三年十月号）

文芸評論家の死

はじめに連載で発表したのは、詩でも小説でもなかった。普通、評論として扱われる内容のものであったから、文芸評論家の肩書がついた。古典も現代も和歌俳諧も日記物語も、垣を払って往き来するのに、あの時の自分にはあの形がいちばん適っていた。

当時は数の少ない「女流文芸評論家」ということになっていた。肩書はどうでもよかったとはいうものの自覚はいたってあいまいであり、やがて評論も書きながら小説も書くという変化がこれ又自然に起こって、自覚のあいまいさを露わにした。小説を続けて発表するうちに、今度は小説家あるいは作家の肩書がつき出した。

小説を発表し出してから、今までどうでもよかった肩書に少しこだわる自分に変った。創作は評論を矛盾なく容れるが、評論は創作を容れるものではない。許容してはならない。又文芸評論は文学研究とも異る。自分の考えでは、感動に始まる表現であることにおいて創作と文芸評論に優劣はないと思われた。分析帰納の手続きは論理的でも、作品あるいは作者への感動に発していない文芸評論をよしとせぬ自分は間違っているのだろうか。

わずかながら小説を書きつづけるうちに、それまでの評論についての自覚のあいまいさが耐え難くなった。何に対して、とはっきりは言えないが恥ずかしくなり、創作を客観視させる評論を尊重しなければという気持が、以前にもまして強くなったのは当然のなりゆきであったろう。

繰り返せば、作品あるいは作者に対する感動の哲学的考察として、作品や作者の分析帰納を行なう文芸評論と、人間と世界に対する心の揺れを表明しようとする小説とは、表現の形式こそ違っていても、ともに感動に起こった言葉による人間と世界の探索としては互いに刺激し合う対等なものであり、いずれにおいても大切なのは言葉だと遅れて気がついた。書き手のものの見方そのものをあらわす言葉、対象を見る目の程の証しとしての言葉にすべてはかかっていよう。

評論への欲望も創作への欲望も、限られた人のものではなく、人間の属性のうちと思われる。一方を抑制すれば一方が強まるというものでもないらしい。ここにも優劣はなく、対等の実感を得て、私は量は減ったけれども、可能な範囲での評論の「勉強」を自分に課した。創作の客観視の強め役に、感動不在の分析帰納は拒みながら。

創作に身を置いて評論の読み方が変った自分に、空虚な文芸評論が多くなった。知識の量は多くても、書き手の生存の稀薄な文章にはさほど惹かれなくなった。論述の手続きは、作品、作者という事実に対してあくまでも即物的でありたいと願う文芸評論であるが、はじまりに作品作者に対する心の揺れがあったかどうかで読後感を分けるのはやはり文章そのものの弾力である。一篇の小説のはじまりが、対象を事実として見る作者の目の力にあるのと同じように、テキスト、作者をまず事実として見る文芸評論家の目の力を感じとろうとする者に、眼力のゆるさを庇い、つくろう文章が虚しく感じられるのは当り前で、結果として、文芸評論家の存在証明に、特定の作品、作者が援用される一面は避けられないとしても、テキストを見る目の力を証す感動を余韻とする文章の弾力、喚起力は、私の場合いちばん求めるものである。

今、手もとに一冊の文庫本を開いている。同一の書名本を複数買い求める場合が無いわけではないが、そうとしても度々ではない。しかしこの文庫は稀な例で、六冊のうちの一冊である。岩波文庫の清水文雄校注「和泉式部日記」。一九六一年（昭和三十六）九月発行の第十三刷。第一刷は一九四一年（昭和十六）七月で、一九五七年（昭和三十二）六月に第八刷が改版で発行され、改版にあたって改訂が加えられている。従って本書はその改訂後の発行である。

手もとにある最新版は、一九九六年（平成八）六月の第五十五刷であるが、一九五七年の改版につぎ、一九八一年（昭和五十六）一月にも第三十四刷で改版になっていて、その折にも大幅の改訂を加えたと校注者は記している。現在の刷数は確かめていないが、一九九六年以降、恐らく増刷は続いていよう。

私が本書の十三刷に執しているのは、たまたま最初に購入したものであったこと、しかし本書に忘れ難い感銘を受けたこと、その感銘が自分にとって一時的なものではなく、少しずつひろがりながら、文章を書き続ける生活に深く関わるものと認識されてきたためである。大学での講義にもこの十三刷を用い、記して引用が必要な時も、必ずこれに拠るという習慣になってしまったので、表紙が可哀想な状態になり、自製のカバーで覆っている。

書物の本文末に添えられる解説というものがいつに始まったかは確かめていない。しかし、多分野にわたっての解説文が増えたのはやはり戦後の出版文化の隆盛に関わりがあろう。新聞の読書欄に、読まれている本の数が主要な位置を占める現況をどう判断するかは読者の自由であるが、書物の数に準じている解説文も千差万別、いい解説文に出会った時の仕合わせな気分は格別である。

私がここで清水文雄校注の岩波文庫版「和泉式部日記」第十三刷を取り上げるのは、本文末の清水文雄の解説の喚起力を言いたいのである。文芸評論は文学研究とも異るとはじめに記した。大枠でのその考えは変らないが、稀に、すぐれた文学研究であって、同時にすぐれた文芸評論でもある文章が書かれている例として、この古典文庫の解説を読んでいる。

和泉式部の生涯にわたって述べながら、折々の作品との関係を考究してゆく文章は、直接の気分を制した静穏にととのって、テキスト分析の説得力に論の公平は保たれている。しかもその静かな文章の底深さに宿る詩情が文章の弾力となっての読後の余情と喚起力は私にとって、解説文としては抜群のものとうつる。文庫の解説に、しかも古典作品の解説にこのような文章があったという事実。インターネットの時代の文章の行方を思う。

秋山駿氏の死を悼む。

氏は文芸評論家の名に恥じない、文章で立つ文芸評論家として、江藤淳亡きあと関心を抱きつづけた人だった。新聞の文芸時評は長かったし、書評、対談、鼎談も、本領の長篇評論と並行して少なくはなかった。私が読んでいるのはその一部でしかないけれど、失礼をかえりみず言えば、およそ弁舌さわやかとは言えない、むしろ口下手の印象さえあるのに、ゆっくりと繰り出される言葉には重みと光沢があって、その滴りには、聞き入らずにはいられない特有の雰囲気がつくり出されていた。

時評の類が多かった。しかし何かに流される人ではなかった。時評的文章を求められる楽ではない仕事の場に、あえて踏みとどまる勇気と自覚、それに自負があったのかもしれない。私が見上げているのは、多岐にわたる時評もさることながら、特定の対象との、長年月にわたる持続的な対峙の思考がやすみなく続けられていたということである。舗道の石。小林秀雄。ドストエフスキー。信長。時に又武蔵。氏の発言への私の信頼の根に、こうした特定の対象との孤独な格闘をみていたことは否定できない。

その文章は少しずつ変ってはきたが、作品、作者への心の揺れを拠りどころとして、急がず言葉を積み上げてゆく文章には、周囲に容易に見出せない余韻があり、喚起力があって、数少ない文章で立つ文芸評論家の一人であった。

講談社の文芸文庫の一冊に、二〇〇三年（平成十五）第一刷発行の中村光夫と三島由紀夫による「対談・人間と文学」がある。兄弟のような親密ささえただよわせてはじまる対談であるが、今にして思えば、よくぞ実現したと思われる企画で、人間と文学を縦横に語って、その質の高さ、振幅の広さ、思惟の深さから、日本近代文学の誇りとも言いたいこの恐ろしい対談に、秋山駿氏の解説が付されている。一節に言う。

「この対談は、文学の根本問題を考え、日本近・現代文学の急所を、ほとんどすべて抉って提出している。しかし、それ以上に見事なのは文学の絶頂と、深淵とを、同時に見せてくれることだ」

「自分の内部にある天才へと至る糸筋を、わが手で圧殺してしまった人」としての中村光夫と、「自分がヒーローになる道を往く」三島由紀夫、「人生の成熟などというもののない」三島との対決を読みとってゆく文章に、この二人の文学者の異る巨きさに相対するのに、氏以外のどんな人が適っていたかとさえ思う。

重ねて、秋山駿氏の死を悼む。

（二〇一三年十二月号）

忘れようのない日

「西洋人の老年の死は、巨象が老いて大きな形のまま衰えてゆき、やがてどたりと倒れるという感じである。日本人は、植物が枯れてゆくような死に方になる。これは、抜きがたい体質の違いだが、その体質からそれぞれに美点欠点が引き出されてくる。要するに、日本人の体質に深くかかわり合う『陰翳』というものについてのユニークな意見を並べたものが、この作品である」

これは谷崎潤一郎の「陰翳礼讃」について述べられた吉行淳之介の文章、一九七五年（昭和五十）十月初版の中公文庫「陰翳礼讃」の解説文の一節である。

私は、物語のあのかぐや姫が、大事なところで自己主張が通らなくなると影になってしまう（原文「きと影になりぬ」）、その部分を早くからおもしろがっていた。権力も財力もこの姫には判断材料ではなく、大切なのはわが思いであって、それが通じないとなると影になって抗議する。間接の自己主張がむしょうにうれしいのだった。未だに折をみては「陰翳礼讃」を読み返しているのも、自分には自然であるように思われる。

文庫の解説者吉行淳之介氏は、その文章でも明らかなように、およそ肥満とは対照的な容姿の作家で、一時期ある文学賞の選考会の末席に私が連なったことから、わずかながら直接話す機会を得た先達である。少なからぬ病持ちだとは、よくご自分から言っていられたが、食は細く、口にされない食材も多かったように記憶する。しかしその箸遣いは見事であった。さき頃政府の要人が催した外国人招待の宴席で、主人格のわが方要人の箸遣いの、何ともぎこちなかったテレビ映像の恥ずかしさを思い出す。

新しい総理が、就任以来声高に表明し続けているTPPへの参加は一体どうなっているのか。和食が世界文化遺産になるらしいけれど、日本人の食生活も、体質、体格も、そして住まいもずいぶん変化してきている現在、一体どういう和食がそう指定されるのか。そんな疑問もあったせいか、最近も又「陰翳礼讃」を身近に置いて気ままに頁を繰るようになった。私が好んで読み返すのはたとえばこういうところである。

「私は、吸い物椀を前にして、椀が微かに耳の奥へ沁むようにジイと鳴っている、あの遠い虫の音のようなおとを聴きつゝ、これから食べる物の味わいに思いをひそめる時、いつも自分が三昧境に惹き入れられるのを覚える。茶人が湯のたぎるおとに尾上の松風を連想しながら無我の境に入ると云うのも、恐らくそれに似た心持なのであろう。日本の料理は食うものでなくて見るものだと云われるが、こういう場合、私は見るものである以上に瞑想するものであると云おう。そうしてそれは、闇にまたゝく蠟燭の灯と漆の器とが合奏する無言の音楽の作用なのである」

又、料理の「色あい」について、食器や壁の色との調和をはかっているのは日本だけではなかろうと推しはかりながらも、

「日本料理は明るいところで白ッちゃけた器で食べては慥かに食慾が半減する。たとえばわれ／＼が毎朝たべる味噌の汁なども、あの色を考えると、昔の薄暗い家の中で発達したものであることが分る」

と述べられている部分。さらには、以下のような部分。

「その外醤油などにしても、上方では刺身や漬物やおひたしには濃い口の『たまり』を使うが、あのねっとりとしたつやのある汁がいかに陰翳に富み、闇と調和することか。また白味噌や、豆腐や、蒲鉾や、とろゝ汁や、白身の刺身や、あゝ云う白い肌のものも、周囲を明るくしたのでは色が引き立たない。第一飯にしてからが、ぴか／＼光る黒塗りの飯櫃に入れられて、暗い所に置かれている方が、見ても美しく、食慾をも刺戟する。あの、炊きたての真っ白な飯が、ぱっと蓋を取った下から煖《ママ》かそうな湯気を吐きながら黒い器に盛り上って、一と粒一と粒真珠のようにかゞやいているのを見る時、日本人なら誰しも米の飯の有難さを感じるであろう。かく考えて来ると、われ／＼の料理が常に陰翳を基調とし、闇と云うもの

と切っても切れない関係にあることを知るのである」

文章の具体性に思わず引き摺られ、知識だけの文章にはない喚起する力に食欲をそそられたあと、無意識のうちの和食への馴染みに、離れた目を促される。私自身、くど、かまど、おはちの生活から離れて久しく、パン食も併用する日常である。スーパーには電子レンジ用の惣菜があふれ、箸を使うよりもフォーク、スプーンで口に運ぶ食べ物のほうが多そうに見える。それでもお米を主食にする自分の生活はずっと変らなかったし、主食にもし米を禁じられたら、恐らく心の平穏を失なうだろう。

白米のご飯はとにかく美味しい。飽きがこない。大方の副食と相性がいい。副食を引き立てる。副食に引き立てられる。白米のお粥は何日続いてもいいという自分の好みが、同時代の日本人に広く通用するとは思っていない。それにしてもなお日本人の主食と言い得るであろうお米の魅力は、日本の地勢の魅力でもあろう。少し前の「耳目抄」にも書いたが、日本の風土で栽培された稲はとにかく上質である。果実の米の味のこまやかさと、しつこくない粘り。その特質が日本列島の土と水、気象との関係にあるのは言うまでもない。死ぬまでお米を主食としたい私は、生産者に感謝しつつ、生産者に意欲を失わせない国策を、と願っている。

さきに引いた吉行氏の文章は、「陰翳を基調」とし、「闇」というものと切っても切れない関係にあるのが日本料理だという「陰翳礼讃」は、「陰翳」の視点からの日本人の体質への言及であるという指摘で、古典このかたの日本の文学のありようを、日本人の体質と離しては考えられなくなっている私には、頼もしい指摘であった。その、日本人の体質をつくってきた食生活と、言葉の生活との関わりに即して考えると、「陰翳礼讃」は、日本の言語文化、もっと言えば、日本の文化のみなもとを見詰める上での貴重な文章になる。文化の基盤はお金ではなくて言葉。言葉は万人の生きる手立てとなるもので、言葉の専門家のためにあるのではない。常識では考えられない犯罪の多発を知らされると、つい、国語の基礎教育の衰えと感じてしまうようなところが私にはある。

言葉に対する自分の無意識の傲慢に気づき、身も心も冷え入って恐くなった時から、先人の教えにつとめて聞き入り、導かれ、日常の言葉の杜撰の積み重ねの恐さからつとめて逃げないようにして、人はそれぞれ、その人の言語生活の程度以上でもなければ以下でもないという認識にようやく達した。事の近くであげる言葉、近似値の言葉、かりものの言葉、爪先立っている言葉、自分をありのままには見せない言葉、事や物との、この世にただひとりの自分との関係を絞り切らないままであげる言葉、的に当たっていないのに怠慢のまま放出してしまう言葉、そうした言葉のむなしさがたまらない。いい言葉遣いではなく、いい加減でない言葉を心がけるか否かの違い。私は毎日揺れている。

荒々しい季の巡りに一喜一憂しているうちに、突如として晩秋から初冬に入ってしまったような今年。例年ならば、家に居てのながめだけでも芥子色の秋に馴染めたのに、今年は違っていた。銀杏並木の陽に輝く黄もほんの一と時、桜紅葉にいたっては、わが目を疑う散りようであった。相変らず両膝の痛みからは解放されず、この一年通院以外はほとんど外出できないまま師走もすすんでいる。そんな一日、NHKラジオでショパンのピアノ練習曲「別れの曲」を聴いた。朝の番組「音楽の泉」。お話の皆川達夫氏によると、この曲は、ショパン自身、「自分は今までこれほど美しい曲を書いたことがない」とまで言った作品なのだそうである。数多の曲の聴く度の自由と流暢。かなしみもありながら枯渇を思わせないショパンの曲の数々に、門外漢の気安さから私はショパンは迷いなく天才の一人と思ってきたが、この朝のショパンは殊に身にしみた。心の平穏をなつかしませる切実さで。

二日前の十二月六日の深夜、「特定秘密保護法」が自民、公明の両与党を中心に、強行採決で成立した。成立後、首相から「生活が脅かされることは断じてありえない」などと語気を強めて言われても、政治の専門家ではない一人の国民である私には、不明やあいまいさのあまりに多い不安材料。これも成立して間もなく、国民の側からのこの法案についての質問に答えた自民党の要人が、二度も発言を修正しなければならなかった事実。とにもかくにも、早期成立が大前提で突進したこの重大法案の成立に、私は、ずっと取りまかれていた靄が、消えるどころか逆に一挙に濃くなったという印象で気持が乱れ、やがて滅入った。事ある度に、「有識者会議」なるものを設けては、独断ならぬ民意を容れた公平を標榜してきた新政府であったが、法案への反対、廃案を訴える度々のデモの民意には対応の必要もないのか、テレビの映像を見ても、これがわが国会での仕儀なのかと嘆かれる、数をたのみのあわれな強行採決ではあった。

政権与党に自公両党を選んだのは他ならぬ国民である。これは一番大事なことである。日本の戦後の平和を守ってきた「武器三原則」も、近く緩和に向かっての動きが起るらしい。新政府は、一体日本をどこに向かわせようとしているのか。十二月八日、八月六日を忘れようのない日と記憶する者に、又忘れようのない日が一つ増えた。

（二〇一四年一月号）

うたの生まれる時

西の空の夕焼の、金色のまぶしさを受けたような平成二十六年（二〇一四）元旦の快晴をまずは祝う。陋屋に活けたほんの少しの若松と、西からの蜜柑を載せた小さな鏡餅の取り合わせ。膝関節変形のための強い痛みからは相変らず解放されないけれど、入院患者としてではなく、わが住みかで、手造りの雑煮の椀を掌に自分で箸の使える有難さ。

七草粥の菜を、つとめて丁寧に刻む。その音に引き出されるように浮かんでは消える音のない絵に従っていると、生きてきた年月の感覚が何とも頼りないものとなって、「今」だけになってしまう。「今」しかなくなってしまう。音のない絵だけの私が生きていたわけでもないのに。

去年の暮近くなって、同年の女友達が、膝の不具合に、両膝の同時手術を決心して入院した。術後が気遣われる。携帯を用いない彼女は、必ず自筆で手紙を書くからと言って、見舞に行けない私を逆に慰めてくれた。しかしその筆蹟はまだ届かない。広島での被爆と三年間の、旧制女専時代の級友との日々が、その前後のどの学校生活とも異って「今」と結びついているのは仕方ないと思うが、戦禍抜きにはあり得ない「今」であり、生きて再び被爆の国の民になることなど考えようともしなかった被爆の民なのに、半世紀も生き永らえたために、再び被爆の国の民になってしまった。しかも今度は国自らの招いた事故によって。

去年は、全く、人さらいの徘徊を思わせる先達知友との多くの別れが続いた。大事な人との別れは年毎に増えている。通話しようとして受話器をとってから、あ、もう通話できないのだと慌てて受話器を置くような突然の別れのはかなさは、私の「今」のはかなさである。

それにしても、去年の気象の荒びはすさまじかった。気象と多くの死との関係の有無は私には決められない。それでもどこかに関わりが、と思ってしまう。豪雨が続いて、京都の桂川の水が渡月橋を越えた。泊りの観光客を、次々にボートに分乗させて送り出す宿の人の健気な姿が、テレビに幾度も映し出された。一度として目にしたことのない嵐山風景だった。

正月の晴天は続いた。

強い陽射しで。

しかし、明かるい空の高さをよそに、あの目に見えない靄は、年が改まってもいっこうに晴れず、自分ひとりではとても解けない疑問の多さに、消化不良の状態は引き摺ったままである。すでに一部ふれてもいるが、新しい政府の威勢のよさをよしとする人が少なくない支持率の高さは高さとして、政策に関する政府の言葉には、私の理解力の不足もあるけれど、具体性に欠けた分からない表現が少なくない。「歴史認識」など、大切な大元の認識については、危険を避けた曖昧な表現ではなく、堂々と論じ合える主旨の内容を、分かり易い言葉でまず述べてほしいと思う。

「日本再生」と言われれば、戦後のすぐれた民主国家としての日本は生きていなかったのかしらと思う。私は何とかして理解で追いつきたいので、「小学生新聞」か「中学生新聞」をとりたいのだが、今でさえ人手を借りなければ出来ない古新聞の処理に、更に人手を借りることになるので我慢している。痛みで歩行が危くなると、物を持つのが難しくなる。重心の不安定は、重い物を持たせない。運ばせない。転倒といつも隣り合わせで臆病になる。

不勉強を棚に上げて消化不良の状態を正当化するばかりではよくないと思うので、時折ではあっても、壁に額を打ちつけるつもりで政治経済専門家の発言を読もうとするようにもなった。ラジオの早朝番組で、内橋克人氏が強い共感を以て要約紹介された、日本の経済と政治の推移についての伊東光晴氏の文章をぜひ読みたくなって、若い女友達にコピーを頼んだ。「世界」の二〇一三年八月号。そのコピーが早速送られてきた。何と、「安倍・黒田氏は何もしていない」と題された十三頁にわたる文章。果してどれだけ理解できるか――。

万事遅れ遅れで、送られてきた去年の文芸雑誌や書籍を読み始める。「短歌研究」九月号。

大口玲子氏の「さくらあんぱん」二十八首（「短歌」平成二十四年六月号）による第四十九回短歌研究賞受賞の発表と、受賞後第一回の作品「この世界の片隅で」五十首が同時に発表されている。

受賞作の冒頭に「悩みのパンを食べなければならない。あなたが急いでエジプトの国を出たからである。それは、あなたがエジプトの国から出た日を、あなたの一生の間、覚えているためである」という「申命記」十六章三節が引かれている。

宮崎より遠望すれば〈東は未来〉といふスローガンは今もまぶしき
いくたびも「影響なし」と聞く春の命に関はる嘘はいけない
まだわれに声あらば声上ぐるべし春の虹立ちたちまちに消ゆ
仙台に留まらざりし判断に迷ひはないかと言わるればなし
ゆく春のゆふべパン屋に売れ残るさくらあんぱんよもぎあんぱん

受賞対象作品から五首だけ引用させてもらった。

引越しの荷物とともにトラックで北上して新妻となった一人の日本語教師が、白河の関を越えて十年、心ならずも夫を残したまま幼い息子を連れて仙台を離脱する。土地と人への愛着は消えず、迷いの果てに選んだ移住の地は遠い宮崎。東北から九州へ。作者の情と知の真剣勝負の証しでもある逞しくかなしい生の軌跡を、読者に素直に辿らせる二十八首。

東北の大震災と福島の原発事故を契機とする、うたことばによる日本人の重い記録として、私は読んだ。作者の情と知が互いに相手をないがしろにすることなく、それゆえの悩みがうたをはっきり起たせているのは用いられている言葉の沈着であろう。はかりがたく大きな事実を前にして、事実を事実として見る眼の力は、言葉によってしか伝えられない。大きなことは、小さなことの積み重ねの外にはなく、易しい言葉は幼稚な言葉ではない。本当に深いことは、易しい言葉でこそ表現し得るもの、といったようなことを考えさせられ乍ら、この二十八首に、うたの生まれる内的必然性の確かさを感じた。

事や物にひれ伏している言葉も、言葉に隷属させられている事や物も、内的必然性の強さ、確かさで読者を説得するのは難しい。この二十八首への自分の共感の中に、広島をも知る同時代人の一人としての国策への懐疑、不満、更には怒りのあることは否定できない。放射性物質の人体への影響は未だ解明され尽してはいないし、原発事故収束は、報道される限りにおいても困難をきわめている。事故処理が困難だからといって、同物質が大気中や海洋の中に放出され続ければどういうことになるか。楽観は恐ろしい。風雨を避けられない土壌や河川、湖沼の汚染に悠長に対してはいられないはずである。「さくらあんぱん」に、易しい言葉で日本人の運命を直視せよと促されるのをうたの力と思う。

「この世界の片隅で」五十首には、いずれのうたにも直接には関係のない、新聞記事から抜き書きしたような公の記録が付されている。たとえば第一首の、

四階までのぼる息子が少しずつ階段を濡らしのぼりゆきたり

には、「6月3日（月）東日本大震災の復興予算で2千億円がついた雇用対策事業のうち、約1千億円が被災地以外で使われていることがわかった」とある。十九首目の

夕べのミサののちの息子の大欠伸まだまだ暮れぬ夏至の空見る

には、「6月21日（金）東京電力は、福島第一原発で高濃度の汚染水を入れて塩分を抜く淡水化装置から汚染水が漏れたと発表した。漏れは360リットルとみられる」とあり、四十二首目の

三連休、夫にありてわれになきこの世界の片隅で水飲む

には、「7月15日（月）安倍首相はインタビューで、将来的な憲法9条改正に意欲を示した。自衛隊を軍隊として位置づける必要性も強調した」とある。

作品に直接関わりのない時の記録を添えることで、作者の時勢への関心のありようがかえって鮮明になる。この記録だけをまとめて通読すると、新聞の大見出しを辿る印象もあり、日本の現代史を読む気分にもなった。

東京電力が、放射性汚染水を含む地下水が海へ流出していることを正式に認めた7月22日（月）の記録を付した最後の一首は、

滝に虹かかれる真昼　きみに触れず樹木を抱かぬ日々のやさしさ

作者の旅はいつ終るのか。

定型詩の可能性はなおゆるやかに開かれている。


（二〇一四年二月号）

青梅《おうめ》のこと

一月中旬の大雪に慌てたのは去年のことであったが、今年は立春を過ぎてから、全国各地で気象観測上の記録を大きく更新した大雪になった。ここ川崎でも、予報通り七日夜からの雪が、翌朝、界隈のながめを逸早く一変して、更に終日降り続けた。ここに移ってきて二十年は過ぎたが、ついぞ覚えのない深い雪であった。

その雪が霽れて一週間も経っていない。高い建物の裾や広い舗道の脇にはまだ残りの雪があるというのに、又大雪である。荒々しかった去年の気象の続きなのか。人も車の動きも鳥の飛翔も全く絶えて、わが耳を疑うような静寂が私は嫌いではない。ただ長く見詰めていると、雪景色とともに地の底に引き込まれそうな時間がくる。

両膝の手術で入院していた女友達から、手紙が届いた。退院後声も聞かせてくれた。手術の成功を聞いて少しは安堵したものの、この冷え込みの影響を想像すると、自由を大きく奪われているはずの日常の難渋が思いやられて、私ではどうにもならないのに不安は消えない。不安は自分に対してのものでもある。

　雪で欠航になっている空の便をはじめ、鉄道や道路の情報が、ラジオで頻繁に発表されている。新幹線や在来線、私鉄各線の名が読み上げられ、運休、開通、一部運休の報が交錯する。運休の中に青梅線の名前を聞く。運休はこの他沢山あるのに、青梅線に反応する自分を知る。

　もう春よりも夏に近かった。青梅駅近くの清流の音高さ。玉堂美術館の各室の模様や簡素な庭の石、後ろの木立が浮かんでは消える。日本画と言えば反射的にあの作品この作品が思い出される屈指の画家川合玉堂。小さい頃から、病気の時部屋に立てられる屏風の色紙画でまず馴染みになり、好きになった画風である。長じるにつれて画集を開き、東京に移ってから小さな展覧会に足を運ぶことも一度や二度ではなかった。当然その折々のカタログを大切にした。しかし青梅にあると聞く玉堂美術館を訪ねる機会はなかった。はじめてあの橋の上で水音の高さに驚いた日の気持ちの騒ぎ。しかしなぜ今、あの時のことを?

　青梅と言えばもう一つ、出版社に勤務していた私には、今なお強い印象でつながっている精興社という印刷所があった。昭和二十七年(一九五二)早大を出て、最初の五年間を河出書房で、同書房倒産のため、後の五年間を筑摩書房でお世話になった。両出版社にもその後それぞれ異る苦難の月日があったが、共に立ち直り、一方は河出書房新社と名を改めて、出版技術、出版環境の大きく変った現今でも、性格の異る注目の書籍を世に問い続けているのは知られる通りである。

十年間程度の出版社勤務で、知り得たことは限られている。二つの出版社が互いに組んで仕事をしていた印刷所もむろん一つではなかった。しかしその間精興社での印刷は、いずれの社においても「格別」の重さであった。五年ずつしかいなかった会社で偉そうな印象を言うのは憚られるが、その程度の一編集者にも、社が大切にしている印刷所という印象は変わらなかった。それは、当時、社が重んじている出版物が刷られていた所ということでもあって、自分が関心をもっている文学の分野に限って言えば、河出書房は「現代日本小説大系」(並製と特製がつくられていた)、筑摩書房は「現代日本文学全集」がまっさきに思い出される。いずれも膨大な巻数であった。

ゲラ刷りに怯えながら校正と格闘していた新入社員が、教わりながら少しずつ編集者として育った頃の精興社のゲラ刷りについていうと、とにかく活字がきれいだった。それに、内校と言っていたが、出版社に初校のゲラが届けられる時、すでに印刷所で一通りの校正は終えられたものが届けられるので、出版社での赤字は少なくてすむ。今は印刷製本の技術が大きく変ったらしいので、あのみごとな活字が、漢字、仮名を問わず、厚みのある用紙にくい込んでみせる陰翳の感銘や、ゲラ刷りの綴じてあった紙縒《こより》の美しさや強さを話しても疎まれるだけであろうが、その精興社の青梅の工場に、上司と出張校正に行くということが時々あって、私の精興社に対する「格別」という印象はこの経験で揺がぬものとなった。

こんなことを今記し出さずにいられなくなったのは他でもない。昨秋岩波書店から出版された紅野謙介著「物語岩波書店百年史1」を、遅れて読み了えたせいだと今気がついた。百年史は全三冊の構想で、後続二冊は未読である。各々サブタイトルがついている。1は「「教養」の誕生」で書店の一九一三年から三〇年までが対象。2は佐藤卓己著「「教育」の時代」で一九三〇年から六〇年まで。3は苅部直著「「戦後」から離れて」で一九六〇年から二〇一〇年まで。

百年史1の読後感については次回に記したいと思う。「物語岩波書店百年史」となっているが「岩波書店百年」でもよかったのではないかと思った。柔軟な複眼の視点をまとめて進む、そのまとめに紛れもない筆者が生きていながら、一貫して維持されている客観性に説得されたからである。よい叙事表現に通う特色と思う。

その「「教養」の誕生」の中に、「美しい本をつくる」という一章があった。更に三項目「装幀、印刷、製本」「文化としての活字」「読む人、書く人」が立ち、全体に及ぶ精興社についての記述がある。著者は「岩波書店が精興社を育てたと言うだけでは十分ではない。精興社があることによって岩波書店もまた出版社として抜きんでた存在になりえたのである。そこには活字と印刷に対する独特なこだわりがあった」と断じているが、出版史の中で装幀、印刷、製本の歴史が取り上げられるのは当然といえばそれまでである。しかし私が知らないだけかもしれないが、この百年史のように、岩波書店と精興社の場合を概説的にではなく、人間と人間の喜怒哀楽の絡まりのうちに表現された例を知らないので、ああそうだったのかと、遥か年少の研究者に教わった快さは、爽やかとさえ言いたいものだった。

それにしても、青梅と結びついている私の精興社の印象は未だに際立っている。いつも上司の後について行くのだが、まず建物の前に立ち並ぶ数人の制服の方に、揃った角度のお辞儀で迎えられる。出版社のゲラ返しが遅くて、期日通りの出版が難しくなると、時間短縮のために、日帰りか時によっては近くの宿に泊っての出張校正になるので、もともとこちらの側に負い目があるのに、徹底してお客様として扱われる態度には恐縮するばかりだった。校正室へゲラを運んで来ては持ち帰って行く従業員の静かな戸の開けたて。節度のある物言い。足音のほとんど聞こえない歩みよう。手洗いなどへの案内の鄭重。いったいここの従業員はどんな教育を受けているのかと一度ならず思ったものである。

お昼になると決まって別室で美味しい鰻のお重をご馳走になった。この時は印刷所の要人が数人同席されるならわしであったが、ふしぎなことに、話題は出版印刷に関するものではなく、青梅市の市政に関してであって、一方的な拝聴のうちに午後の始業時間になるというのが常だった。こればっかりはなぜなのかよく分からなかったが、「「教養」の誕生」で分かった。

精興社の前身は東京活版所で、岩波書店創業四ヶ月前の創業。博文館石版部精美堂に勤めていた白井赫太郎が、神田区美土代町に独立起業して創業者となり、大震災後神田錦町に新工場を建ててから社名を精興社に変えたのだそうである。そのようなことは一切知らず青梅の分工場への出張校正を繰り返していたが、奥付にあって印刷者としてだけ覚えていた白井赫太郎、山田一雄両氏をはじめ、四代目の社長まですべて出身は青梅市。「「教養」の時代」の著者に、精興社は「青梅出身の一族郎党によって支えられた小企業」と知らされて、それならば分かると随分遅れて納得した。

インターネットの時代など、出張校正の頃の私には予想されようもなかった。学校制度がどんなに変っても、制度運用の当事者である教える側の者の質がお粗末であれば事態は決して好転しない。医学と医術は違う。病院名よりも良医である。「企業は人なり」という言いふるされた言葉の健在。大雪からとんだ所に来てしまった。

（二〇一四年三月号）

書店の歴史

二度の大雪のあと、気象の急変に身構える日が多くなった。山梨県の雪害の記憶はほとんどないのに、今年は雪害の様相ただならぬ由の報道である。やまなし文学賞の選考で甲府に向かっていた頃の、沿線のあの一望の葡萄畑がすっかりいためられたとは思いたくない。葡萄や枯露柿を送って下さる方々の今をしのぶ。春一番はいつ吹くのか。梅の開花はいつ？沈丁花がかおるのは？

平成五年（一九九三）に、「写真でみる岩波書店80年」を、平成八年（一九九六）に「岩波書店八十年」を刊行した岩波書店が、平成二十五年（二〇一三）創業百年を記念する「物語岩波書店百年史」全三冊を刊行した。「岩波書店八十年」は出版総目録であったが、百年史は三冊とも筆者が異る「物語」とされ、1は紅野謙介著「「教養」の誕生」で書店の一九一三年から三〇年までが対象。2は佐藤卓己著「「教育」の時代」で一九三〇年から六〇年まで。

3は苅部直著「「戦後」から離れて」で一九六〇年から二〇一〇年まで。そのうちの1についての感想を記す。

紅野謙介氏は一九五六年の生まれ。従って著者にとっては出生よりも、ほぼ三、四十年前の社会現象が対象となっている。氏にはすでに「書物の近代　メディアの文学史」「投機としての文学　活字・懸賞・メディア」「検閲と文学　1920年代の攻防」などの著書がある。

一つの書店の特殊な個の歴史が、時代環境の中でどのように維持され、変貌を強いられてきたか。つねに関係の中での個の動静を見究めようとしている著者の現象への対応は、何よりも客観性の尊重において謙虚であり、柔軟な複眼のまとめにおいて鋭い。客観性の尊重とまとめの鋭さをつないでいるのが、恐らく駆使されている著者の想像力であろう。

数多の関係資料への目配りの周到には、あの分厚い全六巻の大著、日本近代文学館編「日本近代文学大事典」(講談社)の事実上の推進者として、多くの研究者を統率された亡き紅野敏郎氏の精力的で緻密な仕事ぶりがよみがえる。紛れもなく令息に受け継がれているものを読む感銘もあった。

1の中の本文の一部、精興社と岩波書店の関係については、前回少しだけ記した。私自身神田の書店街のすぐそばにあった出版社に十年間勤めていたし、書店街の変貌もこの目で見てきただけに、この百年史への関心は一と通りではない。古書店は、私のもう一つの教場でもあった。著者とは年齢差も大きい。それでも随所に喚起されることがあり、多くの知識を与えられたばかりか、今の世のこととして反芻を促されるいい文章にも度々逢った。

古書店から出発した岩波書店の創業者岩波茂雄の強い個性と、岩波茂雄を支える強い共同体によってスタートした創業期、創業から一九三〇年頃までの限られた時間のなかに、その後の岩波書店のほとんどの要素はつまっていたと著者はいう。企業としての特殊性を支えていた個人の離合に、じっと目を添わせている筆者の人間観が生動しているから、登場人物も生動する。

書店の「教養」についての「要」とも読める文章を引用する。

「文庫発刊以降の岩波書店は「資本主義」の馬の上に「教養」をまたがらせて進むようになったのである。しかし、「教養」の乗り手は、馬が「資本主義」にほかならないことを時として知らないふりをする。その一方で、「資本主義」の速度によって「教養」はどこにでも出かけ、だれにでも出会うことができるようになった」

「岩波文庫の「教養」は、到達のむずかしい、幾重ものハードルを越えた先にある未踏の境地ではなくなった。携帯できる「古典」であり、持ち運びの可能な「伝統」へと変じた」

叙事と抒情の拮抗に生じる緊張に説得の力があり、一考も二考も促して、ひろがる文章と読んだ。ありふれぬ好著と思う。

これは自分だけのことではないと思うけれど、部屋の広さで本や雑誌の位置は決まってしまう。毎日手を伸ばす言葉の辞典類を机上に置くのは当然として、仕事机の近くに置きたくても置けないのは全集や大系、叢書の類。別室にいてもらう。勢い読み返す機会の多い単行本と文庫新書の類を近くに寄せる。とかく評論と随想の類が多くなる。住まいに書庫はない。一番遠くに置いている本と言えば、ここに移ってくる時、部屋に収められないことが分かっていて預けた本は未だに横浜の貸倉庫の中。一冊取り出そうとすると、同じ箱の三十冊が一緒に戻ってくるのが難。何しろ二十年前の、それでも書籍預り専門の倉庫の扱いで、不便をかこちつつも未だに一斉整理に踏み切れないのがこの私である。

必要に迫られて近まわりの本のあれこれを開く時にはほとんど意識していないが、時折それらの本の背文字を追うともなく追っていると、自分が揺れ乍ら歩いて来た道に鍬が振り込まれて、掘り返された土が匂いで追ってくるような驚きに戸惑うことがある。いつの場合もその土の匂いは新しい。なつかしさと気味悪さ。恥ずかしさと、時々の自得の混りあった何とも落ち着かない気分になる。自明の自分と不明であった自分。今なお新たな自明と新たな不明との間を揺れ動いている「私」と逢う時間でもある。

たとえば波多野精一著「西洋哲学史要」(岩波書店)。十代の読書でただ一冊となると、迷わずこの本を思う。活字の大きな文語調の文章で、そばに○印のついている言葉があちこちに出てくるこの本を、当時の私がよく理解出来たはずはない。ほとんど嗅覚で見つけたとしか思われないこの本に、しかしはじめての衝撃を受け、縋りついている。

後になって思えば、宇宙のはじまりと、宇宙の部分である自分についての稚い衝撃であったと思われるが、それゆえに後々までもこの本の影響の外には出られなくなっているらしい。ひとつからだの中に背き合うものを抱き、とりあえずは折り合いをつけているらしく生きている「私」とはいったい何者なのか。なぜ、なぜとさかのぼって物事のはじまりを思わずにいられなくなっていた私は、二つ違いの兄の不在を見届けては、兄の部屋の書棚の前によく立った。

商人であった父の書棚は、趣味の植物と美術の書が押し合っていて、さし当っての不安にこたえてもらえそうには思われなかった。化学に向かっていた兄の書棚の大方の本は読み難い活字と記号、それに図版で埋まっていたが、化学と物理の専門書らしいものの中に、なぜか、「「いき」の構造」とか「善の研究」、それにこの「西洋哲学史要」などがまじっていた。

ひとつからだの中に背き合うものを抱え、とりあえずは折り合いをつけているらしく生きている「私」の不安は、病臥の日の多かった少女時代からのもので、たとえばまだ稚い自分なりに保っている善と悪への欲望の調整に自信がなく、いつこわれるかもしれぬ調整にびくびくしていた。何とかしてこの不安から離れたい。不逞にも私は自分のその後の「学び」に期待するほかなかった。兄の専門書の間に、継子のように挟まれていた前掲書に思いがけず近づいたのは、ほとんど直感的なものだったとしか言いようがない。
「希臘《ギリシヤ》哲学の鼻祖たるタレースは水を以《もつ》て原質となしぬ」
○印はその後「ト・アペイロン」に「空気」に「変化・生成」に、更に「火」につけかえられてゆく。私は物事のはじまりについての解釈は決して一つではなく、多くの人が従ったよい答も、次の新しいよい答が出ると、主な席を譲ってしまうものだということに落胆し、同時にいくばくかの安堵も得た。安易に自分の不安の解消される手だてはないこと、安直な解消を願う傲慢に気づかされ、これからの長い長い道程を思って溜息をついた。

たとえば又、ハイデガー著／桑木務訳「ヒューマニズムについて」（角川文庫）。小学校、女学校、ともに戦時であった。外国語は駄目でも、日本人だから日本語は何とか使えるはずとひそかに高を括っていた私が、戦後小説らしいものを書こうとして、その日本語の運用に忽ち突き当たり、打ちのめされ、現代の日本語をせめてできるだけいい加減にではなく運用したい一念で、日本の古典文学を読み返しはじめてからの読書である。強烈な一文に逢った。
「言葉は存在の家です。その住まいに人間が住まうのです。思索《デンケン》する者と詩作《ディヒテン》する者はこの住まいの番人です」

言葉で生きる人間についての根本姿勢をただされたのが本居宣長・村岡典嗣校訂の「うひ山ふみ　鈴屋答問録」（岩波文庫）。

創作につながる鑑賞の魅力に、著者の人間観、言語観を知らされ、読み返すたびに人間へのいとおしさが改まる斎藤茂吉の「万葉秀歌」上・下巻（岩波新書）、吉川幸次郎・三好達治「新唐詩選」（岩波新書）。

世界に差し出したい日本の芸術論としての世阿弥「風姿花伝」（岩波文庫）。俳論でありながら、日本人の存在論としての刺激が強かった服部土芳「三冊子」（岩波文庫）。

人間の叡智についての思考の喚起がつねに新たな田中美知太郎「古典の智慧」（河出新書）丸山眞男の「日本の思想」（岩波新書）。

近くの単行本で今一つ。村岡典嗣「本居宣長」（岩波書店）。宣長の著作に近づきはじめた頃、この整然とした宣長学の整理をもどかしく読んだことが恥ずかしい。確かな「私」を深く深く沈めてこそのあの書の静謐と強靭な喚起力である。生前の安岡章太郎氏にお目にかかっていた時、小林秀雄の「本居宣長」をどう思うかと聞かれた。読み馴れた小林さんの文章のスタイルではないので最初戸惑いましたが、あのご本は小林秀雄の祖述本居宣長ですね、と申し上げたら、あなたはスリリングなことを言いますな、と笑われた。

こうして近くの本を順不同でながめると、岩波書店の出版物が意外に多い。育った時代の違いもあるが、受けた恩恵はとても簡単には消えない。

（二〇一四年四月号）

花の時に

広く晴れた平成二十六年（二〇一四）の四月一日、にわかに昇った気温のせいか、東京都内では桜が一斉に咲きそろったらしく、お花見ならば今日が最適、夜桜もよしと、早朝からラジオは繰り返し報じていた。戸外のひとり歩きの未だに危険な私は、最寄りの私鉄駅前広場の桜祭りもなつかしむばかり、西隣の社宅の中庭に立つ一本の桜木に花の春を思うのが、この陋屋にいての近年の贅沢になっている。

立ち退きということなのかどうか、中庭を挟んで南北に建つ二棟の社宅は、もう大分前から出入りの人の姿も稀で、まばらに残っていたベランダの洗濯物もいつのまにかすっかり消えて、今やがらんどうの建物。大声とともに階段を駆け下りてきた少年が、下で待ち受けている学校友達らしい数人の少年と、もつれ合うようにして叫び声とともに走り去って行ったのも、あったことかの眺めに思われる。

それでも芝生の庭に残された桜は時をたがわず、ここ二、三日の間に、確かな色合いの花で梢の隙間を次々に埋めていった。風や雨が来て、咲きさかっている花という花がさらわれ、やがて葉桜になる頃には、遙か彼方の畑沿いの欅並木が、すでに淡緑の芽吹きのよそおいで待っているのが常であった。白い小花の房を社宅の敷地のまわりに靡かせていた小手鞠も、桜花の終りとともに目に見えて萎れてゆく。住人の誰一人にも見られなくなった桜が、この先どういう扱いを受けるのか知りようもないけれど、少なくともここに住んでいた人の運命と離れては考え難い木の運命ではある。

木の運命といえば、今なお記憶のうすれようもないのが尾山台の桜並木である。舗道の両側から、空を覆うばかりに差し交された枝の花は天蓋とも仰がれ、花の匂いを漂わせる冷気には胸を締めつけられた。とりわけ夜桜の妖しさには、この世をこの世ではなく感じさせる何かがあった。確かな樹齢には通じていないが、若木の桜にそうした妖しさはない。

さかのぼっての話になるけれど、東京の世田谷に住んでいた頃、環状八号線の一部を占めていた尾山台の桜並木の舗道に、私はしばしば歩を運び、好んで家への車の道にもした。その桜並木が一夜のうちに伐採されたのである。忘れもしない、ローマについで、東京で国際オリンピック大会（夏季）が開かれた昭和三十九年（一九六四）のこと。東海道新幹線が営業を開始して間もなくであった。わずか一夜で果されたこの伐採にいかなる正当化が行われていたにしても、ひたすら風雨に耐えた樹木の幾歳月の終りようは、木の運命だけでなく、人間の勝手を思わせて哀切であった。

再びオリンピック大会開催地と決まった二〇二〇年の東京に向かって、日本の政治が大きく動き出している。東京が動き、地方が動き出している。一国民である私の実感は異るのだが、政府側からの発表によると「アベノミクス」なる経済戦略の効果で日本の景気は好転しつづけ、大企業の営業利益は上昇して、給料の値上げを決めた民間企業も次々に発表されている。デフレ脱却に向かってのこの国の勢いを止めたくない政権としても、オリンピックは成功させたい大事業であろう。

そのオリンピック招致のためもあったとはいえ、東京電力の福島第一原発の事故処理が不手際を繰り返し、収束の困難が多くの国民の不安でもある時期に、あの事故は「完全にコントロール」されていると世界に向かって発せられた総理の言葉には耳を疑った。

事故から三年が過ぎ、今なお事故処理上の作業ミスの報道は繰り返され、依然として汚染水処理の見通しも不透明。事故原因の徹底究明も行われないまま原発の再稼働を進める方角に転じて、外国に日本の原発を売り込む政策を私はどうしても納得できない。自分が広島の被爆者だからという理由だけではない。為政者に、福島の原発事故が本当にどう認識されているのか。広島の被爆はもうすんだことでいいのか。放射能汚染の長期にわたる広範囲への影響、不明の余地を多く残している影響について、国としての基礎知識と基本方針が、国民の不安をやわらげるものとして示されていると言えるのかどうか。肝心な大本を曖昧にして復興を叫んでも、という私の不安は消えない。

放射能の性質については、教育の場で、低学年から公平な知識をもっと与えるべきではないのか。大急ぎの英語教育重視も、道徳教育も伝統文化の教えも必要ではないとは言えないけれど、教育制度の変更については特に熟慮の長期計画が大切といつも思う。一時的な政治の都合での介入も無視も国民にとって決して仕合わせなことではない。

長い間私が脱け出せないでいる靄が、いっこうにはれる気配もなければうすまるとも思われないのは、現政府が次々に示す政策を自分の能力では納得しきれないまま、消化不良で追い続けている情なさでもあろう。それはもっともである。それは違う、という判断にいたる前の段階でよく分からないことがあまりにも多い。

平和と積極的平和の違い？　有識者会議なるものがこれほど必要とされた政府の前例は？　政府に選ばれた有識者の会議から閣議決定へ。ちょっと待って下さい。大勢の国会議員はどこでどう働いて下さるのか。「アベノミクス」も「戦略」も熟慮なさっての用語ではありましょう。でも私は、国の大方針を内外に告げる時くらい、全部国語でしていただきたいのです。ほとんどの一国が一国だけでは生きられない時代です。国際社会での英語の必要も一応は承知しているつもりです。外国の「リーダー」も、国の政策発表で、外国語をとり入れるのでしょうか。日本語がすぐれているからという理由ではありません。第一、他国語もろくに知らないで、すぐれているということは出来ません。日本語は、日本の国土に、お米を主食として生きる日本人の、考え方、感じ方をあらわし伝えるのにもっとも適った言葉だと思うからです。為政者の日本語は日本人の民度を示すものだとも思っています。日常生活の、社会生活の土台になるもの。国の興亡にかかわるもの。日本人と、多数の外国人がいてこその国際人であり、国際人という人種がいるわけではありません。外国語も使わざるを得ない日常では、それこそ「積極的」に使っていいはずです。ただ、国の大方針を発表する時くらい、という私の願望は間違っているのでしょうか。私達は、言葉によって人間として育ってゆきます。お金も大事ですが言葉も大事です。自国の言葉をないがしろにして「愛国心」が育つでしょうか。

大分前に、高名な方のご本で読みました。

フランスに留学されていた時の下宿の主婦の方についての話です。娘の結婚に、それらしい物を整えてやることは出来なかった。でも娘には小さい時から、母国語の正しい使い方を教え込みました。これだけは私の誇りです。正しい母国語が身についた娘の財産だと聞えました。

かなりの速度で国が動いているのを感じます。私の国は、いえ私達の国はどこへ向かおうとしているのか。理念の大元が分かりません。無知ゆえに、先人の叡智に学び乍ら自分の考えを少しでも育てたいのですが、間に合わないので相変わらずの消化不良。貿易収支の赤字。

消費増税（八パーセント）。秘密保護法。武器輸出の解禁。集団的自衛権の行使の議論。長年の支えであった平和憲法はどう守られるのか。威勢のよい予算案や配分、他国の支援に、自分の国はこんなにもお金持ちなのかと驚き、自ら招いた原発の事故処理に関しては、繰り返せば廃炉作業も汚染水処理も見通しは不透明なままであるのを何よりも無念に思い乍ら、依然として靄の中の私であります……

宇野千代さんの短篇小説に、「一ぺんに春風が吹いて来た」という題のものがあった。「おはん」のような長篇にすぐれた文章をのこされた氏は、短篇にも独特の境地を開かれ、ことに右の作品を読んだあとでは、茫然となってしばらく動けなかった記憶がある。

つねづねご自分から楽天的と言われ、仕合わせの配達人のような印象さえ与えられたが、そこに込められている無言の信条はまことに凄いもので、物は見ようとはいえ、凡人にとっての不仕合わせを仕合わせとも感じ得る心は、引き受けた難儀の表面張力ではないかと気づいてから、この作品にいっそう惹かれるようになった。

平成六年（一九九四）三月に同題を書名とする中公文庫が出版されているが、これは平成元年（一九八九）六月に同社で出版された同題の単行本が親本で、十七篇の随筆と右短篇を含む四つの短篇小説が収められている。随筆の中にはすでに「この秋で私は満91歳」の文章も入っている。花の時に誘われてつい読み返した。「あとがき」の中の一撃。

「私の生来の楽天的な性格のためか、この齢になつても、元気で仕事を続けることが出来、日常生活も、まあ不自由なく送ることが出来る毎日なのである。
何でも困つたなと思ふやうなことがあると、私は待ち構へてゐたやうに、一瞬間に、さつとその中へ飛び込む癖がある。どんなに好ましくないことからでも、逃げるのは負けである。真に逃れるためには、そのただ中へ進んで行くことだと思ふ」

（二〇一四年五月号）

言葉と酒　「父 吉田健一」を読む

陽差しが木々の若葉に光っている。

ベランダの冬も終った。鉢植の山椒の木に顔を寄せると、今にもほどけそうな、嬰児の握りこぶしそっくりのあわみどりのつぼみから、つつましく繰り出されてくる優雅な香りの輪が私には紛れのない春の訪れであった。そのつぼみもすでに花開いて、木は葉に茂りを見せはじめている。

遠い山里の春を逸早く伝えてくれた蕗のとうや楤の芽、よもぎの類も旬を過ぎて、五月二日は八十八夜。もう茶摘みの時期なのかと何とはなしに気持が急くところへ、出版社を退いたSさんから郷里茶所の新茶が届く。編集部で長い間世話になったこの人の、新しい仕事の進捗を願う。

次々の芳香に追い立てられるように、炊事場に立つ時間が増えるのもこの時期のならいである。決してあれもこれもと思っているわけではないけれど、和風の美味に恵まれた時の豊かな気分がほしくて、ついそうなってしまう。その後味に未練をもつ。新聞を読んでいても、人と話していても、詩や小説を読んでいても、美味の欲望に火のつくようなきっかけがあると、身のうちにそよめきが起こる。

強弱の差はあっても、黙り通せぬ心の揺れは起筆に要るので、美味に関わる心のそよめきは表現の必然性でいうなら充分に資格はあるものの、文章で人を説得できるかどうかは当然又別のこと、難しい。もう一つ。肉親に関わる心情のあらわし方にも私には同じ難しさがつきまとう。要警戒である。

社会人になってから文章を書き始めた私は、追いつかぬ学びと経験を積みながら、無意識の尊重も併行させようとするので、終りのない自戒の必要に迫られている。自分の文章を目指して書き継ぐことで体得するほかはないと居直ってはいるものの、この二つをとりわけ気にしているのは、つまりは卑下も優越もない表現への道の遠さのためである。誰にとっても特別な経験をしなければ対象化できないという素材ではない。憎しみや嫌悪は表現の深さや鋭さの味方になり易いが、親密や親愛は逆に表現をゆるめ易い。まして肉親への「敬愛」となると、これに第三者への説得力を与えるのは容易なことではないと思う。

吉田暁子著「父 吉田健一」（河出書房新社）を読んだ。

亡父についての十八篇。

巻末の書き下ろし一篇のほかは、いずれも異る時期に異る場所に発表された文章で、最も早い「まっすぐな線——父のこと」は、平成五年（一九九三）、死別後十六年での発表。父は英文学者にして作家。祖父は戦後間もなくの日本自由党総裁。次いで内閣総理大臣。昭和二十六年（一九五一）のサンフランシスコ講和条約調印に臨んだ政治家にして元外交官の吉田茂。敗戦の年生まれの著者は二十二歳でこの祖父と死別する。

周知の非凡な家系である。しかし本書が、家系の内実についてはほとんど知ることのなかった一読者を全くひるませることも、ためらわせることもなく導き、父母と兄一人という直接の家族はいうまでもなく、点描のような人もふくめて、登場人物の多くに精彩を与えながら、優越も卑下もないところに吉田家をしかと在らせているのは見事である。

人を伝えて書くのに、年譜的記述や挿話の量は必ずしも必要ではなく、要は事実の選び方と、それについての書き方だということ。つまり私は、文脈の必要に応じて登場させられる人達が、犬や小鳥の類まで含めて、吉田家に縁があろうとなかろうと、また著者の筆数の多寡にも関わりなく、その大方が、その時々の生存を感受させてくれるのにおどろいたのである。聞えの高かった亡父の酒や美味への愛好の強さについても、はじめての理解を得た。

およそ生あるもののそれぞれの時間を、ただ外からなぞるだけの筆には、とうていかなうはずもないことであろう。勁さをつつんで穏やかな著者の文章を支えているのは、対象との関わりのほどを示す著者の全感受性であって、関わりの確かな経験しか言葉として残さない姿勢から生まれる効果なのであろう。しかし、このことこそ、父から娘に流れているかけがえのない上等なものではなかったかと気づいた時、本書が凛とした勁さで顕つ理由として、亡父の生き方と相即している「言葉」についての認識と感覚、それに対する著者の「敬愛」を思わずにはいられなかった。「尊敬」「共感」「親愛」「親密」そのいずれひとつでもなく、しかしどの一つが欠けても成り立たない「敬愛」である。

回想の時期ということも考える。

敗戦の年に生まれて大学生になった頃、父の著書「英国の文学」を読んで批評家吉田健一に一目惚れした（鎌倉と私、そして父（二））著者が、昭和五十二年（一九七七）に父と死別して後に書かれた文章を集めている本書では、繰り返せば死別後十六年での文章「まっすぐな線――父のこと」が最も早い。順不同で印象の強かった部分を引用させていただくが、読み了えて後に、最も早い時期の文章にすでに要約されている父の生き方に、期せずして著者の生きようも要約されていると思った。

「小説を書こうとしてうまく行かず、「まっすぐな線が一本でも引ければ」と思って批評をやってみることにしたと、父がどこかで書いていた。いい言葉だと思った」

「父がどういうつもりで使ったかはともかく、まっすぐな線というのは父の多くを語っていると思う。父が大変誠実であるのは私も早くから感じていたが、父がまっすぐな人間であるというだけではなくて、父の一生、生活は、まっすぐに引いた線といっていい」

「まっすぐな線は無駄がなくて、確かで、自然である。単純である」

「命、あるいは人間そのものである時間と、父が大いに従った、あるいは利用した時計の時間を思い合わせると、父の生活、そして一生がまさに、単純で無駄のない、確かで自然な、まっすぐな線に見えてくる」

著者はここで「時計の時間」と「命、あるいは人間そのものである時間」というふた通りの「時間」を示している。その少し前には「時間の流れにただゆったりと身を委せている」のを好んだ父への言及もある。一人の人間の内部でのふた通り「時間」の経験という理解を、私は一書に流れる通奏低音の静かな調べのように聞いた。繰り返される「単純」一語の重さ。

「父の一生は、ものを書きたくてものを書き始め、結婚して家庭を持ち、ものを書いて生計を立て、犬を飼い、面白い本、良い文章を読み、美味と酒に親しみ、良い友人とつき合い、旅を愛したというもので、いわば単純である。ものを書いて、しかもそれで家族を養うということには特殊な難しさがあると思うが、そのためにも父の一生は単純になったと思う。そして父はそういう単純な内容の生活に至極単純な形をつけた。一日の時間割を正確無比に守り、破目をはずして飲むのもその日、その時刻を正確に決めていた」

父の長い年月をかえりみて、この、「単純」の「形」と「内容」を証すのが本書の中の挿話で、挿話はいずれも「普通」で「特殊」、「特殊」で「普通」。私には一書が著者の感受性の肖像画とも読まれる所以である。母の友人の長居に、夕食の時間の遅れを嫌う父、幼い息子と娘が寝ついてから、兄妹が読んでいた本を自室に持ち帰り、読み終ってのちにそうっと返しに来る父。電話の呼び出し音を嫌って、家の中でいちばん遠い所にとりつけた人。愛犬の死をかなしみ、動物のための火葬場で愛犬の骨が焼き上がるまで、戸外の粗末なテーブルの上の一本の銚子を挟んで椅子により、娘と黙って向かいあう人。敗戦の年の五月、疎開地から応召した人は、娘をみごもっている妻に見送られて畑の中を歩み去った。その人が妻に言い遺したのは、子供達を、「アンデルセン」で育ててね、ということであったという。長じた娘は思う。「イソップに多く語られている人間の残酷な現実でなく、悲しくとも救いのあるアンデルセンを読んで育った子は、逆境にあっても救いを信じ、救いを求め、時には救いをもたらすだろう。こわいものはないが悲しい事はあることを納得するだろう。本当に強いものは優しいとも、父は言っていた」(悲しいことはある)……。

「父の迫力は何かが外に広がろうとする迫力ではなく、そこに或る確固としたもの、不動のものが、ただ、在るという迫力である」。それは「生と一つになろうという父の確固とした意志なのだ」という部分をもつ「対談集によせて」から、引用を重ねさせてもらう。

「父はものを書いて生きた。言葉に惹かれ、言葉の世界を渉猟し、言葉の世界を作ることを始めて、それが生活の資を得る手段ともなったのだ。言葉はこの世界の現実から生まれるが、直接現実に働きかけることはない。好ましい現実からも好ましくない現実からも言葉は生まれ、もう一つの現実、言葉の現実を作る。言葉に惹かれ言葉に生きた父は、政治にも経済にも志さず、この世の中に対して働きかけようとはしなかった。しかしどんな世の中であれ人間の世界に本来具わっている「良いもの」を――父にとってそれは言葉であり、酒であり、友人であり――精一杯味わった」

終りにもう一文。酒への適性は父からの贈物と心得ている著者が、酒に「精神の自由」を促されて、あの時計の時間ではないもう一つの時間と意識が一つになって「生きている自分が過不足なくそこに在る」(一人飲む父)状態をいかに好んでいるか。得難い「敬愛」の一書である。

(二〇一四年六月号)

再び忘れようのない日に

「96条改正という「革命」」と題した、憲法学者石川健治氏の文章を「朝日新聞」で読み、勉強不足の私でも理解し易い、道筋のはっきりした文章にひき込まれたのは、平成二十五年（二〇一三）五月三日のことであった。「当たり前の論理の筋道を追おうとはせず、いかなる立場の政治家にも要求されるはずの「政治の矩《のり》」を、踏み外そうとしている」現在の日本の政治の「反知性主義」を、「真に戦慄すべき事態」とみる文章への共感から、近年の心重さに思いがけない爽気を得て、「耳目抄」の三一一回に「明晰の救い」の一文を書いた。

三一六回、今年一月号の題名は「忘れようのない日」である。戦争の苦渋が身にしみ込んでいる世代と、そうではない後の世代の情理の違いは当然かもしれない。お互い、生まれる時代が自分で選べたわけでもなかった。人間の想像力にも限りがある。それでも、どんな分野にあっても想像力と学ぶ謙虚さ、それに人間ならではの羞恥心があれば、必ずしも断絶に終るはずはないと思ってきた。

総選挙による民意のあらわれとしての新政権の発足以来、内閣の支持率の高さは、政権与党の自信の拠りどころであったろう。政策についての自負、自讃の声は高く、私には意外な支持率ではあっても、民意のあらわれとしての支持率の高さという、事実は事実として認めなければならない。

けれども現内閣は、同じ民意のあらわれとしてのデモには、規模が大きくてもきわめて冷淡である。都合のよい民意のあらわれだけを引き寄せがちなのは、政界に限ってのことではないし、あらゆるデモへの反応が内閣に求められているわけでもないことぐらい承知しているつもりであるが、事が事となれば、聞く耳もたぬ無視といわれても仕方のない冷淡な態度には、一度ならず違和感を超えるものを感じている。

現政府が度々催している有識者会議の出席者の大半は、知る限りでも政権側の人が多くを占めている。しかし、現政府に重用されない「有識者」もむろん少なくないはずである。責任を明らかにした署名入りの政策批判の論は、メディアに次第に増えてきているし、新聞雑誌の投書欄に、聞き入らせる政策批判を見る機会も私には増えてきた。

平成二十五年（二〇一三）十二月六日の深夜、「特定秘密保護法」が、自民、公明の両与党を中心に強行採決で成立した。性急さの目立つ、数をたのみのあわれな強行採決とうつった。

その時点での説明を聞いた限りでは、あまりに分からない事の多い、あいまいさに満ちた法案で、首相からいくら声を強めて「生活が脅かされることは決してありえない」と言われても、たとえわずかでも「特高」「思想犯」「転向」の時代の恐怖を知る者としては、首相がなぜそう断言できるのか、到底その言葉に素直に従うことはできないのである。自分の残りの時間はしれている。それでも自国の行方、後の世代のありようを案じている身に、軍政の弾みとともにあった暗鬱な記憶の想起はあとを絶たず、日本人の叡智を恃むことしきりの日が続いている。

かねてより憲法改正に意欲をみせていた安倍首相であるが、遂に平成二十六年（二〇一四）七月一日、憲法解釈の変更によって、集団的自衛権の行使を容認する閣議決定に踏み切った。私が思っている立憲主義の、法治国家である日本は、憲法の前文によって主権在民が宣言されている。国民の不幸を招いた政権の独断専行への深い反省があって、憲法九条では戦争放棄が定められ、九十九条では、天皇をはじめ、公務員すべての義務として、憲法の尊重と擁護が定められている。戦後七十年の平和は、九条のおかげで維持されてきた。

とりまく環境が厳しさを増す中での日本の国の存立。日本国民の生命と財産を守る内閣責任者としての義務。積極的平和主義による世界への貢献。これらは幾度も繰返される集団的自衛権行使を容認するについての首相の発言である。法治国家である日本においては、憲法改正の発議に関しては、衆参両院の総議員の三分の二以上の賛成が必要であり、国会が憲法改正を企てた時は、必ず国民投票にかけるという厳密な手続きが求められている。

なぜか、何かにせき立てられるように、事を急いでいる安倍内閣は、こうした手続きは踏まず、憲法そのものは変えずに、憲法の解釈変更という手段で、自衛隊の海外での武力行使への道を開く閣議決定に及んだ。主権在民の国民の代表者である国会議員による国会での審議承認は後回し。野党との審議もなく、政権与党内だけでの合意というのも何となく姑息な印象である。しかも国会での審議をまたず、同盟国である米国へは閣僚が赴いて報告し、地球規模の外交を目指している首相は、ヨーロッパその他の国々にこれ又国会審議よりも早く、集団的自衛権行使容認の閣議決定を告げ、理解を求め、原発の売り込みも続けている。

政治の専門家である為政者に対応できる知識はないのを承知で、ふくらみつづける私の疑問の一つは、対話のドアは常にオープンだと言い乍ら、積極的平和主義の外交から、なぜ中国と韓国との直接対話が外されているのか。経済協力のパートナーは、日本の積極的支援とともに、遥か彼方の国々に及んでいるのに、自国を取り巻く環境の厳しさを認識し訴え乍ら、同盟国との連繋強化に恃みがちなのはなぜか。同盟国として受ける恩恵と義務については、国民にもっと分かり易い説明がほしい。

疑問の二つ目。国民の生命と財産を守る義務について。これを集団的自衛権行使要因の一つとする安倍内閣は、足元の、東京電力福島第一原発の事故の発生と処理をどう認識しているのかということ。関連して言えば、今なお苦渋の続いている広島の被爆を、事実としてどう認識しているのかという疑問である。福島での事故原因の徹底した検証は依然として果たされず、莫大な経費を伴う事故処理の過程で、繰返され、遅れては発表される東京電力の不手際は、世界に向かって、事故処理の「完全コントロール」を公言した首相の言葉の虚しさを強めるばかりである。

究明され尽くしてはいない放射能汚染と、常に一体化しているはずの事故処理についての見直しは曖昧で、家も土地もあり乍ら近づくこともできず、突然に職を失い、肉親を奪われ、見通しの立てようもない将来に立ち竦んだままの仮設住宅の多数の被災者の人生、生命と財産はどう守られているのか。

これからは東電に一任せず、政府が前面に出て事故処理に当るといった為政者のあの勇ましさはどこへ。事故処理の難行が続き、今後不幸にして事故が発生した場合の住民の避難についても、見通しはきわめて暗い。原子力の平和利用に実際に関われるのは、どういう知識と技術をもつ人であるべきか、その問いも切実になっている。

国策ですすめられた原子力の平和利用についての安全性はくつがえされた。原発利用の確とした安全保証を国が示し、万一の場合の事故処理の策も万全というのでなければ、危険を孕む、国策としての原発再稼働は見直されて当然ではないのか。福島が今更のように見せる広島と、広島が見せる福島について、「お金」では解決できないものの恐ろしさについて、人間はもっと謙虚でありたい。原子力や放射能について、これから無知のままに生きるとどういう人生になるか。

これから自分の国はどこへ向かうのか。私達は岐路に立たされている。国の行方に関わる、はかり難く大きな約束ごとを、安倍内閣は国会での審議承認よりも先に、政権与党だけで閣議決定した。内閣が変る度に、憲法の解釈変更が可能になるとすれば、憲法とは一体何なのであろう。立憲主義法治国家の大元は、どのように守られるのか。集団的自衛権行使容認の取り決めは、民意のあらわれとして誕生した現政府の取り決めである。そこを忘れてはいけない。七月一日にも国会周辺にあった規模の大きな政策批判のデモを為政者はどう受け取めたか。

さきに「忘れようのない日」と記した自分が、「再び忘れようのない日」を記す胸のうちは、平穏にはほど遠い。

空の一隅には、青空を取り囲むような陽に輝く雲がある。離れて淀む暗雲もある。動き出せば恐ろしい速さの雲の変化で、豪雨といわず霰さえ珍しくない今年の日本の夏である。

（二〇一四年八月号）

秋立つ

はじめて読んだ歌なのに、すぐに憶えてしまった一首について。

「おかたづけちゃんとしてから
　　次のことしましょう」という先生の声

「東京新聞」平成二十六年（二〇一四）七月二十一日掲載の俵万智さんの歌。「海辺のキャンプ」四首のうち。

平易である。

明快である。

さらに痛快である。

世評、通念とは関わりなく、私には憶え易い和泉式部の歌が数首あって、いずれも平易で明快。この自分でもまだすぐに暗記できる歌があるとひそかに自信をもたせてくれた作品でもある。古語辞典はいらない。むろん国語辞典も不要。一読した瞬間にずきんときた。時代の隔りなど考える間もなく、そして、決して安穏にではなく生きていたらしい人の温もりさえ感じられてうろたえた。

しかしこういう読みでいいのか。ひょっとすると私は自分勝手に読んでいるだけではないのか。いや、そうではない。こう感じた時の私に目的意識は無かった。構えもなかった。素手で逢った。何かを聞きとろうとしたのではない。聞えるものだけ聞こうとした。だからこの〝ずきん〟を大切にする。

快さに支えられて一首の反芻をしているうちに、この歌が、実際には使われていない言葉を波紋のように次々に繰り出してくるのに気づく。使われている言葉が呼び出してくる使われていなかった言葉が、この歌が孤独ではないこと、孤立してはいないことを告げて一首の世界をゆっくりと拡げてゆく。

作者和泉式部にとっての三十一文字が、どういう必然性でつながっているのか、作者自身そのことを意識していたかどうかは確かめようもないのに、歌の動きを支えている心理の必然性を、わが心理の必然性として違和感なく受けている自分を知る。

平明は単純でもなければ幼稚でもない。他人のための平明ということがあり得るか。自分自身が平明な言葉で感受し、理解している事物だからこそ表現が平明なのであって、とかく難解な表現では、自分自身がまず平明な言葉で事物を感受し、理解するという基礎作業を怠っている場合が少なくない。怠りを自覚している場合はまだよい。怠りとさえ自覚されていない場合は、他者とのつながりの道が次々に塞がれてゆく。

歌の平明な表現に身を委せていると、使われていなかったのに次々に繰り出されてくる言葉は、言葉数が多い割に説得力に乏しいある種の文学論などよりも遥かに強い説得力で私に訴えてくる。単純とも幼稚とも異る平明の源は、この世界に生きて、耳目で世界に関わる者の関わり方ひとつによっている。生き方次第。その結果、大切な重いことは、平明な物言いによってしかあらわせないのではないかとさえ思うようになった。

すぐれて平明な表現の歌が凝縮してたくわえている力が解き放たれる時、その説得力の多様は読み手の「ほど」次第。私が受けている恩恵は、まだかなしいかなわずかでしかないけれど、時に避けられない底無しのさびしさを、時に又かけがえのない仕合わせをわがこととさせる歌の力は、今や私には生きる杖ともなっている。知識のキャッチボールでは、底無しのさびしさやかけがえのない仕合わせな気分は多分経験できない。すぐれて平明な表現の歌は、時に又、間接の痛烈な批判者となって読み手に痛快な気分を経験させてくれる。事物を平明に見定めるという行為の属性なのだと思う。

国語学を究めてもいないのにこんなことを言うのも烏滸がましいが、私は、和歌の歴史のないところに現代の日本語はないと思うにいたった。私の言葉の仕事の領域は主として散文にある。それでも、和歌、短歌、俳諧、俳句、詩をふくめて、これらの「うた」からは、しばしば散文以上に濃い刺激を受けてきた。とりわけ「和歌」に。その表現に関しての原論的な力は、直観的な鋭さにある。

日本人なのに、日本語がまともに使えない。ものを読んで口にしているだけの時には気づかなかったのに、自分の文章を書きたいという欲望が加わった時から、日本語なのにまともに使えないという動揺と不安が一挙に生じて、先人に学ぶべくすすんで古典に近づいて行った私はすでに社会人になっていた。

人それぞれの時の存在証明として、言い逃れのできない言語生活。言葉は専門家のためのものではない。平明な自分の言葉で、環境の事物を見定めてゆく訓練の必要に終りはない。

足どりの怪しい11号台風に長々と振り回されて、気がつけば早、立秋である。あと一と月もすれば白露。風の音に秋を感じ分けたのは古歌のひと。「白露も夢もこの世もまぼろしもたとへて言えば久しかりけり」と詠んで逢瀬の短さをはかなんだのも古歌のひと。古今の歌の往還に、言葉で生きる人間を、人間もその部分である世界を探らされて浮き沈みを繰り返すうちにいつのまにか半世紀が過ぎてしまった。

仕上りのいい、好きな歌への馴染みが、理屈ではなく、快さの感覚を通してこの身の耳目の粗さに気づかせる力、かなしさややさしさの果てしなさに気づかせる力に改めておどろく。

必要が生じて、久しく手にしなかった中央公論社の「日本の名著3」の頁を開く。「最澄空海」。責任編集は福永光司氏。最澄は田村晃祐氏訳。空海は福永光司氏訳。補注の詳しさは本書の大きな特色であった。併せて教育社の「歴史新書　29」の頁も開く。「比叡山と高野山」。著者は景山春樹氏。

自分がはじめて最澄の「願文《がんもん》」や「山家学生式《さんげがくしょうしき》」、空海の「三教指帰《さんごうしいき》」「文鏡秘府論」を知った日のことを思い返し、若き日の理想を誓願にこめた「願文」や、天台宗修行者としての僧侶のあるべきようを示した「山家学生式」の迫力に、この身を運んだ比叡の東塔や西塔の記憶を寄せるうちに、思いもかけず私は一人の故人への敬意を新たにすることになった。

私が昭和二十七年（一九五二）の大学卒業後に勤めた出版社は河出書房と筑摩書房でいずれも五年ずつ。このことは以前にもちょっと記したが、倒産した河出書房から、筑摩書房にお世話になることが決った時には、刊行中の「現代日本文学全集」の編集部員としてということであった。当時の筑摩書房でこの文学全集は大きな柱であった。

古田晁社長のまわりには三人の親友が顧問として控えられ、重い企画はこの四人の友情と討議、信頼と敬愛で決められてゆくというふうに見えた。三人の顧問とは、臼井吉見、唐木順三、中村光夫の三氏である。男の友情が企業をよく動かしてゆく会社の勤めは、私にとっては他に例のない経験である。

「現代日本文学全集」刊行中に、新しい全集の刊行が決まった。臼井吉見主導の企画で、古典の現代語訳集成としての「古典日本文学全集」の刊行である。二つの全集の編集兼務を命じられた。この全集に「万葉集」や「源氏物語」、芭蕉、蕪村の作品とともに「本居宣長集」と「仏教文学集」がそれぞれ一巻として収められていた。驚いた。これまで知っている文学全集でこのような内容の巻が入っていたものがあっただろうか。内容見本の作成は、忽ち、今までの不勉強を悔いる苦しみとなって私を襲った。「本居宣長集」は第五回の配本、昭和三十五年（一九六〇）二月、訳者は久松潜一、佐佐木治綱、大久保正、太田善麿、松村明の五氏。

お恥ずかしいことに、私はこの時まで、「山家学生式《さんかがくしょうしき》」や「三教指帰《さんごうしいき》」の類を全く読んでいなかった。源信の「往生要集」を、これは日本の実存哲学ではないかと読み、円仁の「入唐求法巡礼行記《にっとうぐほうじゅんれいこうき》」を、古人の外国紀行として読んだ。和讃の「美しさ」に感じ入ったのもこの時である。

「仏教文学集」に劣らず私をうろたえさせたのが「本居宣長集」である。日本人なのに日本語がまともに使えない。どうしたらいいのか。動揺と不安から、すすんで古典に近づこうとしていた丁度その時期、編集者として与えられた仕事を通して、宣長の大きさに驚嘆したことは、その後の自分を考えると事件だったとさえ言うことができる。

戦争中に教場で与えられた宣長像が、はじめてテキストと向かい合うことで徐々に崩れ、「古の言葉」に「古の心」を探り続けた人、人の心のあらわれとしての古言古歌を重んじた人、「うたの本体、政治をたすくるためにもあらず、ただ心に思ふことをいふより外なし」とも、「人の情《こころ》の感ずること、恋にまさるはなし」とも言い切った人としての思いもかけなかった出現に、私の「時」がはげしく反応した。私はそれまでのいい加減な言語生活への否応なしの反省を迫られた。終りのない学びが始まった。言葉で生きる人間への遅い目ざめでもあった。

私は三十代の半ばになって、ほとんど同時に、古典と現代の間を往き還る評論と小説を書き始め、発表している。それは編集者生活を打ち切った次の年である。表現する者としての稚い出発であったが、あの時期、部分的でしかなかったにもせよ、もし本居宣長と逢っていなかったら、恐らく今の自分はないであろう。それにつけても、あの古典全集を企て、担当の一人にして下さった臼井吉見氏への感謝は尽きない。辛いことも少なくはなかった編集者生活ではあったが、よいお方に恵まれた仕合わせは何事にもかえ難い。

（二〇一四年九月号）

沈黙のためにではなく

眠りを離れたばかりの耳にその音楽が届いたのか、その音楽が眠りを遠ざけたのか、それはどちらでもよい。とにかくそういう状態で自分の好きな曲に聞き入るような時、思いがけない仕合わせを恵まれた気分になる。

ＮＨＫのラジオ深夜便を聞きながら、よく、いつのまにか寝入っている。目が覚めても、いつのまにか又寝入ってしまう。そんな時、番組の日時は混乱して、出演者のいくつかの言葉だけは憶えているのに、時が経つにつれてそれさえも又夢うつつのさかいで揺れ始める。自信を失う。

好きな曲が聞えてくる時は快さに身を委ねている。記憶についてはかなり無責任になっているのかもしれない。それでも、先頃のある深夜、ショパンの「雨だれ」が聞えてきた時には、自分がＣＤをかけたわけでもなかったので、気分は格別だった。

私が迷わず天才だと思っているショパンには沢山の曲があって、「雨だれ」は「二十四の前奏曲」のうちの一曲だと教わっている。前奏曲それぞれに異るよさがある。ただ「雨だれ」をことに好むのは、いつ聞いてもあの静けさにつかまってしまうせいらしい。聞いているうちに素直な自分になってゆくのが分かる。落ち着きを失って騒いでいる心をととのえるのに、力を貸してくれるやさしさに無抵抗になる。生きてゆく上で自分に静けさというものがいかに大切か、快さのうちに自覚させられるのが有難い。

この頃の私は、政治の専門家でもないのにとかく政治向きのことに怒ったり、憤ったりする機会が増えている。物言いには人それぞれの好みがある。自由である。私も好みは邪魔されたくない。しかし、限られた為政の人達の物言いには立ちどまる場合が少なくない。とりわけ政権中枢の人達の発言は、つねに国の内外に向かっての発言のはずだと思うので、平易明快でない物言いへの反応は、自分でも狭量ではないかと思うほどである。

政策に「戦略」が付きまとうのは何故だろう。比喩は、用いないよりも用いてより効果的だからこそいいのだが、「三本の矢」は、どういう効果をあげているのか。大事な政府見解の中に、「いわゆる」を当然のように使われると、にわかに主旨が曇ってくる。「積極的平和主義」と「平和主義」の違いが分からない。第二次安倍内閣成立後、「創生」とか「再生」という言葉がさかんに用いられるようになった。国政や地方自治の過去と未来にわたって、大そう重い言葉のはずであるが、この使い分けが分からない。

「アベノミクス」。「オールジャパン」。「完全にコントロール」。にわかに強調されてきた「女性の輝く社会」。経済優先も結構だが、文化の根本に言葉＝国語のあることを忘れたくない。

国民の一人である私には、日常、いくつもの「法」を守って生きる義務がある。義務に従うかどうかは心々であっても、一日二十四時間、「政治」の外の時間はない。「法」の外の時間はない。したがって自分と全く同じ考え方、感じ方の人はひとりもいない社会に生きていれば、諦めも我慢も避けられぬことも分かってはいる。

けれどもつい我慢できず、何かと言葉にしてしまうのを当惑しながら見ているもう一人の自分との、「雨だれ」を聞きながらの快さは、気持の波立ちや揺れをしずめて、思考や感受をととのえる上での平穏の回復を、自分が願っている証拠でもあろう。

感ずべきことにやわらかに反応できなくなった自分、事物に感じなくなった自分を想像するのは恐ろしい。反応の維持のためには平穏の回復を必要とする。平穏の回復は、沈黙のためにではなく、事実を事実として反応し得る心身の状態をととのえるために、私には必要なのである。

思いがけずショパンを聞いた夜、もう一つ思いがけないことが重なった。同じ番組のうちであったと思う。間をおいて、スメタナの交響詩「モルダウ」を聞いた。スメタナはチェコの生まれ。彼にも交響詩はいくつかあるが、はじめて聞いた時から「モルダウ」の主旋律が身にすみついた。「モルダウ」というのはドイツ名で、チェコでは「ヴルタヴァ」と呼ぶと一本で教わったが、聞き馴れているまま「モルダウ」と呼ばせてもらう。

ピアニストとして早くから知られていたスメタナが、招かれて一時スウェーデンで楽団の指揮をつとめ、帰国して後に作曲した川の曲。というよりも、モルダウの流れによせて表現したわが祖国チェコ讃歌で、主旋律の、私には、どこかかげのある優美につつまれた悠然とした強さもさることながら、じっと聞いていると次第に呼吸をととのえられて、あの平穏の回復を促される数少ない曲の一つなのである。

中国以外、国の外を知らない私が、まだ一度も訪ねたことのない北欧の自然に心を騒がせるようになったのはいつの頃からであったか。そのきっかけの一つが、オッコ・カム指揮のヘルシンキ・フィルハーモニーの演奏で聞いたシベリウスの音楽（録音テープ）、「交響曲第二番ニ長調作品四三」であったことは間違いない。

ベルイマンの監督した映画におさまっている北欧の自然と家屋は、私には具象の北欧である。しかしシベリウスの北欧は、具象ではないために、かえって私の内に深く沈んで、時に泣き出したくなるような気分になることがあった。

チェコ生まれのスメタナが、一時北欧で生活していたことにも関心はあったが、一夜のうちに「雨だれ」と「モルダウ」二曲が聞けるとは、偶然にしてもあまりによく出来過ぎている。どなたかのリクエスト曲であったかもしれない。失礼なことにそのあたりの記憶は無いのである。

偶然といえば、近年定期的に短時間手伝ってもらっている主婦のMさんは、いたって無口。行動に賢さのある人で、たずねれば、何でもすみやかに、分かる範囲で出し惜しみをせず答えてくれる。しかし自分から話題を出すということはしない。そのMさんが、つい先頃何かの話合いを続ける中で、夫の赴任に伴われて、若い一時期、北欧での生活があったとごく自然に語った。

この偶然に突然胸騒ぎをおぼえた私が、身を乗り出すようにして矢継早の質問をしたのは言うまでもない。文字でも音楽でも映画でもない白夜が現れるのに自分でも驚きながら、無躾になってはいけないので、質問はそれでも抑えに抑えた。私の質問に、Mさんもびっくりした様子に見えた。深夜便といい、Mさんの北欧といい、はかり難さの初々しい人生ではある。

国土の自然を感じさせる曲として、外国を知らないにひとしい者が、スメタナやシベリウスの曲をあげるのは、いい加減と言われても仕方がない。心理や思考の分析、帰納、演繹に類することを、程度さえ問わなければ決してきらってはいない。むしろ好むが、一片の雲も見えず、微風も通らない密室の文学は苦手で、人間がどこかで自然風土と共存している作品にとかく親しみ易さを感じるのは、自分が生地に影響されているせいでもあろう。

瀬戸内海の波音しか知らなかった者が、初めて房総の宿に泊った夜は、岸壁を打つ波音に一睡も出来ず、足摺岬では、人を誘い込むような澄んだ海の深さに震えた。空港はあっても、船の港はまだよく整っていなかった八丈島からの帰り、沖の本船までは、はしけだけが頼りとあって、岸からはしけに渡された厚い板の上に立つと、いくら手を引かれていても、容易に足を踏み出すことが出来なかった。

夜の隠岐島に向かう高速船では、その揺れのはげしさにほとんど人心地を失いかけた。翌朝の、信じられないような快晴に、日本海の侮り難さが倍増した。

海も山も、川も畑も身近な暮らし。規模は大きくなかったけれども、それが私の育った広島であった。郷里の風土、自然であった。実際にこの目で比較できる国の他の風土、自然を知らないまま成人した。後年東京に移ってからも仕事の旅は関西、四国、九州が多く、東にはほとんど縁がなかったので、東北、北海道を初めて旅した時には、日本の農業を支えている土地としての、多様な緑にこれも国土なのだと自分に言い聞かせた。

今、その頃の衝撃を思い返すにつけても、核の廃棄物の中間貯蔵地となっている土地の広さに滅入ってしまう。黒い袋は整然と並んでいるが、袋が並んでいる間、それを支える土地は、土地の生産への関与という働きを失っている。あっても無いにひとしい土地の広さ。国策で推進した原子力に、国はどう向き合っているのか。復興を叫びながら、この後始末についての明確な策は聞かされないまま、踏み切った原発再稼働への協力を求められている。本当にこれでいいのか。

いつまでも驚きを失わない人間でいたい。

いつまでも、事実を事実として感じ得る感度を失いたくない。

驚きへの欲望と平穏への欲望は一見矛盾にみえる。しかしそうではない。二つの相互作用によって、相互作用によってのみ、各々のよい状態は維持される。私は古歌への馴染みのうちにこのことを教えられた。すぐれた古歌にそなわる異る方向への働きかけ。遅い気付きではあったが、気付かせてもらったことを有難く思う。

（二〇一四年十月号）

存在感について

九月十三日、井上和子元女官長の死を、報道で知る。無言でそこに立っていられるだけで、知的な、品高い存在感に圧倒された日のことを憶う。

天皇皇后が皇太子ご夫妻であられた頃、そして今は亡き辻邦生夫妻未だ健在の頃、一夕東宮御所へのお招きをいただいて辻夫妻と一緒に御所へ伺ったことがある。女官長にはその時はじめてお目にかかった。現代の日本の女性もさまざまにあるけれど、本当に知的な女性とはあのような方をさしてのことかと、今改めてそう思う。

度々お目にかかっているわけでもないのにこんな言い方をするのは烏滸がましいが、姿勢のよい、その立ち姿の涼しさは象徴的で、立ち位置の決め方が又じつに見事であった。控え目でありながら、他人を払わない緊張感が全身にゆきわたっている。それは皇太子妃をお守りする大役にふさわしく生きていられる方の誠実と自負を示して頼もしかった。限られた会話ではあったものの、容易に消えなかった余韻は、うるおいのある知性のゆとりとして私には記憶されている。皇太子妃のお側に、こうした女官長のいられるのを、心からうれしく頼もしく感じた。

訃報に接して、僭越ながら、そして当然及ばずとはわきまえながら美智子皇后のおかなしみを察した。日本の現代にはこのような女性の存在もあった。存在感は人から与えられるものではあるまい。又、人が人に与え得るものでもないと思う。おのずからにじみ出るもの。そうであればこそと私は考える。

夜明けの風が屋外から送り込む金木犀の香りに、深呼吸で春秋の動きにふれたのもわずか二三日。南方からの次々の台風の通過に、それも何年に一度という烈しい風雨が交って、日本列島各地に風水害が起っている。

さきの広島の土砂災害といい、御嶽山噴火のための遭難といい、このところ自衛隊の救援活動の辛苦には、しばしば胸をつかれている。この度も風雨のための避難勧告地域は拡大される一方で、気象予報の言葉に「猛烈な」とか「凄い」が急増している。

雨よりも風が恐ろしい。それはこの高い建物で暮らすようになってからの実感である。十月も早中旬。目下その風の「凄さ」に要注意という19号台風が、夜半から早朝にかけて関東地方の太平洋側を通過するとの予報を聞き、急ぎ介護保険のヘルパー事務所に電話する。明日が支援の曜日に当っているけれど、来て下さる人の道中の危険は避けたいので、中止を、と申し出る。

この風雨の中、ここに移ってきて二十年余、毎日ベランダから眺めてきた西隣の建物が、断続的にじわじわと取り壊されている。桜の木のある中庭を挟んで建つ二棟の社宅である。そのあとに建つ予定の十四階建ての二棟のマンションの設計図は、二階建ての駐車場のそれとともに、すでに近隣に配布ずみ。三年がかりの工事予定で、工事責任者も明記されて事は進行中である。

社宅のベランダに洗濯物を見る日もまばらになり、ブランコの音が絶え、いつのまにか人影も全く見かけなくなったがらんどうの建物が、雨風にさらされるままになっていた月日も短くはなかったが、この社宅の住人と個人的な関係は全くなかったのに、いざ取り壊しが始まるとまともに見続けたくない切なさもある。

大きな鉄の球を、振子のように振ってビルディングに穴をあけ、轟音や粉塵に周囲が我慢を強いられた時代を知っていると、近隣への配慮周到にと、まず音や粉塵のための防護壁が建物より高く張りめぐらされたあと、巨大な何台ものクレーンやブルドーザー類の重機が運び込まれておもむろに始まった解体作業は、時代の推移を知らせはするものの、それを自然必然の変化、進歩とながめるには余りにも稚い自分の感覚ではある。

ここに移って来た時、すでにこの社宅は建っていた。声をあげて遊びまわり、喧嘩しながらもブランコを漕いでいた子供達は、とうに立派な社会人であろう。住人の生活をよく支えてくれたと、壊されてゆくものに心で挨拶を送る。

この目で見た社宅の二十年は、私の二十年でもある。

原稿依頼への諾否や送稿に関して、新聞社や出版社の担当者の顔を知らないままという例が増えたのも大きな変化の一つで、むろん依頼の内容によっては面と向かっての相談になるけれど、担当者と直接対面する機会はずっと減ってきた。もともと、会合には失礼することが多かったので、環境には大そう疎い。

もうかなり前になるが、こんなことがあった。折入っての用で迎えた、元気のいい、若い女性編集者と話しているうちに、突然、「へえー、それじゃあ竹西さんは、ナマの志賀直哉やナマの川端康成に会っているんですね」と言われてぎょっとなった。「文豪」も、生鮮食品並みかと戸惑ったが、無邪気な、何の違和感もなさそうなその物言いに、これも避け難い時代の変化かと考え込んだ。

物言いは何と言っても家庭と学校での教育が基本である。本人の体質、資質に関わってのことであるのは言うまでもないが、もう一つ言えば職場での教育の有無もあるだろう。かえりみて、矛盾にみちた自分の出版社勤務だったとは思うけれど、一人では到底気づかなかった多くのことを教わった。育ててもらった。

幾度訪ねても肝腎な原稿が受け取れず、それはひたすら自分の微力のせいだと暗い気持になって編集室に戻る。沈むなよ、そんなことは編集者の通過儀礼のうちだからと軽く言ってのける先輩を冷ややかに見たり感謝したり。何しろまだコピー機もない時代である。編集室に現れて、大声で担当者と言い合う著者も一人ではなかった。

度々著者を訪ねるうちには、著者夫人と話し合う機会も多くなっていった。主人は引っぱりだこなのだからと、原稿の遅延を正当化で迫る夫人や、主人の仕事のことは分りませんのでと、ひたすら謝る夫人、又、原稿なしで帰ってゆく編集者に同情を寄せる夫人もあって、私は熱くなったり冷たくなったりして、自分の仕事は一体何なのだろうと考えさせられた。

著者夫人の態度に、その頃の私はとても冷静ではなかったと思う。けれども年月が経つと、著者夫人の存在感の強弱が思いのほかはっきりと辿られるのである。夫人を楯にして、厄介なことからは逃げ続けていられたと思われる著者も、暴君気取りで振舞っていられた著者も、その大方が鬼籍に入られ、それぞれの夫人も後を追われた今になってみると、当時の夫人の言動が、夫婦のあり方を浮かび上がらせるばかりでなく、妻あるいは女のあり方の多様を示して鮮明になってくる。

蔭の人に徹して夫を支え、夫への敬愛を貫いた夫人。表に出て声高に夫を讃えながら、結果としては夫の足を引っ張っていたとしか思われない夫人。被害者に甘んじているように見せてはいても、夫の弱点をしっかりと握っていて、夫の威丈高もじつはその掌の内ではなかったかと思わせる夫人。それぞれの存在感の強弱が、夫人各々の生の幅と厚みの違いとして感じられる。

国会は、大切な質疑応答の場のはずである。質問に答えるには、まず質問の本意をよく理解し、疑問を解く言葉で、質問者に納得してもらうようつとめるのが第一であろう。疑問を解く言葉の選びにつとめること。相手の疑問がいっこうに解けないのに、鸚鵡のように同じ文言を繰り返すばかりでは、議論も審議も進まない。深まらない。

平成二十六年（二〇一四）十月、第二次安倍内閣成立後の国会中継（ＮＨＫ総合テレビ）に失望した。あれは質疑応答ではない。野党議員の厳しい質問に対する政府要人の応答には、質問の真意が理解されていないのではないかと思う時が少なくなかった。野党側は、短く、簡単に答えてほしいと焦立ちながら迫っているのに、政府側は、答えではない、自分の述べたい意見だけを、すれ違いのまま繰り返す場面が続き、これは時間の無駄遣いだとつくづく思った。議長の議事進行、議場整理にも疑問を抱いた。

あえてすれ違いのまま、答えにならない文言を答えであるかのように繰り返すのは、この内閣の大好きな「戦略」のうちか。「丁寧な言葉でねばり強く説明して相手の理解を得る」という姿勢を標榜している内閣であるが、言葉を選びかえて相手の疑問を解く努力なしに同じ文言を繰り返すだけなら、それは押しつけ以外の何でもない。

「一人の子供、一人の教師、一冊の本、一本のペンが、世界を変える」――今年、十七歳でノーベル平和賞を受けたパキスタンのマララ・ユスフザイさんの、昨年の講演の中の言葉が重いのはなぜか。軽い言葉、身を切らぬ言葉は、いくら重ねても重くはならない。言葉にも、存在感がほしい。

（二〇一四年十一月号）

小さなお煎餅の話

「立冬」も過ぎて、ようやく不安のない晴れた一日の終り。部屋のレースのカーテン越しに、淡紅から薄青へ、中天に向かって暈《ぼか》しの色を積み上げる夕空の穏やかさ。これに似た空は幾度も見ているはずと思うのに、同じ空は一度も見なかったとも思う記憶の不確かさ。その不安と救い。息を詰めたまましばし立ち通す。

三年前に単行本で幻戯書房から出版された短篇小説集の「五十鈴川の鴨」が、十月の半ばに岩波現代文庫で出版された。新たに「松風」と「挨拶」を加えたので十篇の作品集になった。担当は同文庫の「詞華断章」の時と同じく大塚茂樹氏。安心してすべてをお委せした。追加した二作は、福武書店の単行本「挨拶」にすでに収めているが、増刷が決まった時点で福武書店が文芸書の出版中止の営業方針に変ったため、この際居場所を残しておきたくなって併収した。本にも運命がある。

「五十鈴川の鴨」は、初めての小説「儀式」で生じた自分への宿題に、長い年月ずっと答案が書けないままでいることに心残りがあって、何とかある時点で自力を集めて、という気持を注いだ区切りの作品ではあった。ただ、いつ、どこで踏み切れるかが、自分でも分からなかったが、思いもかけなかった天来のような一瞬が訪れて、自然に書き始めていた。

沢山の小説を書いているわけでもないので、大きなことは言えないけれども、作品の「時」というものは、自分でつくろうとしてつくれるものではないらしい。むろんただ待っているだけでは叶うはずもない。書き終っての作品からの離れ方は割合すっきりしていて、いつまでも後を追いたくなるような執着はない。ゲラを読む時も、他人の作品を読むような気持になっていた。

もう遠くなった伊勢へのはじめての旅の折、たまたま茶店で、五十鈴川を泳いでいる親子らしい鴨を目にしなかったら、あの作品は生まれなかったと思う。それにひとたび伊勢神宮内宮の御手洗場《みたらしば》の水景を知ってみると、いま一度あの清流が洗う、広い、ゆるやかな石畳の階段をゆっくり降りて行きたい。両岸の濃い木立の生気と、木洩れ日の踊る流れの匂いの溶け合った空気を、この身いっぱいに吸い込みたいという願望は消しようもなく、今も、ある。

最近、東山文化に関して確かめる必要があって、年表の類をそれとなく辿っていた。金閣の北山文化、銀閣の東山文化と、ごく大雑把に室町文化をつかむならいが自分にいつはじまったのか、思い返してみてもそう早くからではなかった。

というのも、戦時中の義務教育の勉強では、日本歴史でも日本文学通史でも、古代、平安鎌倉時代ほどには、又江戸時代ほどには、南北朝時代をもふくめての室町時代を精しくは教わらなかったという気がする。自分で学ばない限りとかく遠くなりがちな時代であった。

長じてから、少しずつ、少しずつ読み始めた連歌には、約束事の複雑さでまず立ち竦んだが、江戸の俳諧のあの活気、座の文学の自主隆盛は、連歌の単純ならざる歴史なしにはあり得ないものと少しずつは考えられるようにもなった。連歌の約束事のあの複雑さを生きるには、基礎教養と想像力、それに辛抱も不可欠だと思われた。しかし複数の作者が寄って、一人では所有できない時空の経験をわがものとすれば、あの、約束事も守られてこその表現の自由に尽きぬ意欲をそそられるのであろう。

今の世の、おもしろ、おかしの川柳の流行もそれはそれで理由のあることとして、江戸の川柳は私には非常に難しい。基礎教養の乏しさが試される。私はどのあたりで愉しんでいるのかなと不安になる。

北山御殿を造営して金閣上棟を果した室町幕府の第三代将軍足利義満は、後醍醐天皇、北朝五代の天皇に仕え、南北朝の内乱統一後、摂政関白の位にまでついている、あの連歌の、複雑な式目整備につとめた二条良基と親しく、事実重用もした。

良基は連歌作者であり、連歌集の編纂者、連歌論の著述者にして勅撰和歌集の歌人でもある。とりわけ救済《きゅうせい》と協力しての連歌式目整備は、時代の代表的文化人としての良基に近づくには避けて通れぬ大業であることも遅まきながら知らされた。

能の観阿弥世阿弥父子が、義満の熱い庇護支援によって声望を極めたのは周知の通りである。年少の世阿弥は、この良基にも見込まれた。格別の愛顧を受けている。三代将軍は、単なる権力志向者ではなかった。

しかし将軍家の好みは持続しない。父に先立たれ、義満に後れ、後継将軍からの次第に強まる冷遇にさらされながら、それでも耐えて、能演と能楽論（私は「風姿花伝」を、日本が世界に誇り得る芸術論だと思っている）の著述に努めた世阿弥も、やがて六代将軍義教（銀閣を造営した八代将軍義政の父で、暗殺されている）によって佐渡に流される。遠島後の世阿弥に迫った瀬戸内寂聴氏の「秘花」を丁寧に読む。

一代一身に栄光と挫折を経験した世阿弥を思う時、すぐに引き寄せるのは菅原道真で、これは権力者あるいは為政者の文化度について考えるのにも重ね易い一面をもっているが、痛切な詩語に嘆きをこめた道真とは異り、世阿弥は私の知る限り、直接の愁訴、嘆願のかたみは残していないようである。

個性の違い、体質の違いもあろう。しかし時代の違いも考えてよいことかもしれない。ただ世阿弥一代だけにも示されている室町時代というもの、その文化の底知れなさ、多様性、潜みをいとわぬ持続のエネルギー、その行方の侮り難さを、今の私は象徴的とさえながめるのである。

南北朝の内乱から室町幕府の時代へ。大風、大雨、疫病の流行、繰り返される風水害、飢饉、果ては将軍家の相続争いにはじまる戦国時代へ。金閣銀閣の時代も、とうてい大雑把にはつかみきれない根の張りようである。今の日本は、敗戦あっての平和憲法をもつ平和国家である。戦争を知らないからといって、戦争がなかったことにはならない。

年表の調べから、よくない癖で又あらぬ方向へと逸れてしまった。書きたかったのは、伊勢の町の裏通りで買った、小さな、まるくて薄いお煎餅のことである。旅の一日、泊った宿からあまり遠くない裏通りの店で、見つけた。口にしていかにも軽く、淡い甘さのひろがりそうな直径三センチメートルばかりの淡い卵色で、一枚ずつ焼印が捺されている。名前は「絲印煎餅」とある。

命名の由来など何も知らず、口いやしさから、一目見ただけで、それをふくんだ時を想像する口中のそよめき抑え難く購めたのであったが、宿に戻って包みを解き、添えられている説明書を読んで驚いた。

それによると、絲印とは、室町時代以降、輸入された生糸に添付されていた銅印のことで、取引の証しであった。印面の文字や絵も多彩で風雅なことからも工芸品として珍重され、明治三十八年（一九〇五）十一月、天皇陛下の伊勢神宮へのご参拝記念に、この絲印を模した「絲印煎餅」を創作、陛下に献上したのがこの甘味の始まりであるという。

年表類をそれとなく辿っていた私が、歴史学研究会編の「日本史年表」（岩波書店）の記事にはっとしたのは、一四〇一年の項の、「義満、肥富某・僧祖阿らを明に派遣」「この年、明より勘合符を支給される（勘合貿易の開始）」の記述に気づいたからである。義満が「明に使を送る」記事は、太政大臣になって後、更に出家後の一三九七年にも見られるが、勘合貿易のはじまった翌一四〇二年には、「遣明使帰国。義満、明使を引見する」とあり、一四〇三年から、亡くなる前年の一四〇七年にかけて、「明に使を送る」「遣明使帰国」「義満、明使を引見」の記述が繰り返されている。

絲印煎餅の焼印は、読めない文字や絵、文様などを円で囲っているが、図柄が一律ではなくて何種類もあるのがうれしい贅沢さでもある。伊勢の町で、まさかこのような室町時代の名残りに逢えるとは。五十鈴川を泳いでいたあの親子らしい鴨に出逢った伊勢の旅では、こんなこともあった。

（二〇一四年十二月号）

情の監視

色の数が乏しくなった師走のベランダの片隅で、例年よりも遅く紅白の小花をつけた鉢の水引が、朝の風をまともに受けている。建物の五階で受ける風の冷たさは、去年の今頃とは打って変ったこの位置からの眺めで、一入強く身にしみる。

長い間撤去工事が続いていた西隣の二棟の社宅が無くなった。高層建築の解体と整地に励んでいたクレーンやブルドーザー類もいつの間にか次々に数が減って、こんなにも広かったのかとわが目を疑う敷地の一角に、作業員用のものらしいプレハブ小屋が二つ。改めて白い幕の張りめぐらされた敷地内で、掘り返された土の黒さに、防ぎはさまざまにあっても防ぎ切れなかった轟音や震動が嘘のような静寂あり。

しかし何と言っても大きな変化は、住宅地の一郭の高層建築の撤去であったから、自分は今、巨大な壕というか空堀《からぼり》の縁《ふち》に立って下をのぞき、空を仰いで、やがてこの跡地への建設が予告されている十四階建の二棟を想像するという、初めての、きわめて不安定な感覚の経験をしていることである。一年前にはそれこそ「想定外」の経験だった。

もっとも「想定外」と言えば、自分の健康上の変化はもとより、そうしたことの積み重ねが人生の大方だと逃げられなくもないけれど、少し詰めて考えはじめると、いやそうではない、気づかない思慮の足りなさ、思い上がりにつながってゆくあれこれがあって、とても逃げ切れるものではない。愚かさを認めながら、愚かさにもかかわらず与えられている思慮をこえた恵みに救われて、少しずつ、少しずつ生きている。

陽光が、遮るものもなくさし入る巨大な壕のふちにいるという不安定な感覚は、確かに私にとっては初めての経験ではあるけれど、考えてみると、必ずしも特殊ではない、どこか象徴性のある経験ではないかという気もしてくる。しかし今はまだ考えがよくは絞れないので、そういう感覚を招いた環境の事実に、事実として向かい合うのが精一杯というところ。

紅白の小花をつけた鉢の水引が、自分の出番を待っているようにも見えるベランダには、もう一組の紅白の椿の鉢も、離れた場所で新年に控えている。床の間とてないわが陋屋では、この椿の大仙白と昭和紅雀、あるいは水引を、新年の仏花とできるかどうかは大問題である。雪に花の望みを断たれたり、積雪に隠れている紅い実を食べて飛び去る鳥に驚かされて、わずかの千両も諦めざるを得ないということになる。

店で購めた小菊の茎は、とても強くて、花鋏を使っても容易に切れないものが多い。あの胡蝶蘭は、各地での生産部分を寄せながら次第に完成されてゆくのだと聞いたことがあるけれど、花卉も野菜も、生産方法が変われば、おのずから性状も変わってゆくのであろう。しなやかに茎を花鋏で切られた瞬間の、都忘れの香りをなつかしむ。

別にとりたてての用があってではないのです。つい、あなたと話したくなって。だから返事は書かないでね。

つい一と月ばかり前、同年の女友達からこんな葉書を受け取った。久々だったので、ああ、私にもこんな時間はある。電話ではいけない。電話ではなく、文字で――。しかしなかなか実行にはいたらない。女友達は定年で職場を離れてから一人で暮らしていた。私と違ってずっと共同作業の仕事だった。景気に乗れる仕事ではなかった。

あるきっかけで私の文章を読んでくれてから、その感想を受け取るようになった。小著を贈るようになった。時が経っても、必ず自分の読みを伝えてくれた。全く異る仕事の領域からの鎧いのない声を、私は尊重した。何か書評の類を見てからでないと自分の意見は言わないという人ではなかった。他人の意見に同調するかたちでしかものを言わないという人でもなかった。

最近、私は「俳句」誌に求められて飯田龍太についての小文を寄せたが、氏の句と文を読み返しているうちに、「他人と共有できないかなしみはうたうな」と、自らを強く律していられるような氏の声を、私は聞きとったと思った。

氏の句には、「情」をあらわす言葉が少ない。大雑把な言い方をすれば叙事風である。しかし、私にとって、「句」に劣らぬ氏の「文」の魅力は「情」の言葉をのびのびと駆使されてなお他を払われない、これも大雑把な言い方をすれば、ひとりよがりではない「抒情」の生動である。

思うに氏は、句作に人間のあらゆる情を拒まず、又、あらゆる情を欠かせぬものとしながら、それは沈潜させて、情を促した物や事を見究めた上での提示を句の仕事とされた、句の力とされた方ではなかったか。情を共有するためには情から離れての監視が要る。言葉の仕事としての俳句の独自性、散文とは異る俳句の普遍性を自らの使命とされた氏が、私のひとりよがりでなければよいが、ほんの少しだけ近くなった、と思った。

返事は書かないでね、と言った女友達の拙文について鎧いのない声が私に大事なのは、全く異る領域から、この、「他人と共有できないかなしみはうたうな」と言い続けられる有難さだと思った。

知らせてくれる人があって、その女友達の訃に接した。葉書を手にして指先から冷えていった。あの葉書を受け取ってから一週間も経たない時期の死である。どんな心境であの葉書を書いたのか。はかりようもなく、ただ不安定な気分で一日を過ごす。

夕方、陽が落ちてから、又引き出されるようにベランダに立つ。見晴らしがよくなったので遠くの交差点の信号まではっきりする。深い壕の中を覗き見ては視線を上げてゆく。正面には、箒を逆立てたような落葉の欅が、澄んだ夕空を背景に横並びになって、影絵のさまで浮かび上がっている。欅並木と直角に交る右手の銀杏並木の大方はすでに裸木であるが、それでもなお芥子色をとどめている木もあって、木による生命力の違いを見せつけている。

それだけなら、もう何年も見馴れたながめなのだが、今日の夕空には、気がつくと高みに、暗い、黒い雲のひろがりがあって、それも少々のひろがりではない。裾のほうは美しい夕焼で、高みに向かって徐々に色を薄めつつも明るさは保っているのに、その一郭にべったりと黒雲が貼りついている。

気象の急変は、今年珍しくない現象なので、この先どういう気象の変化が起るか、思うだけで落ち着けない暮の空模様ではある。肉親に次々に先立たれていた女友達の終りの時を、思い及ばずと知りながら思わずにいられないこの不安定な感覚。

人知れずもの思ふことはならひにき花に別れぬ春しなければ

長い年月、私は和泉式部のこの一首とすれ違ったままに生きていた。心の揺れを促すうたが他に多くあったので、格別惹かれる一首ではなかった。ことに四句五句をあまりに常識的と弱く受け取っていた。長く患った母と四十代の終りに死別した後で、ある夜、この一首と真新しい感銘で逢った。知っていて諳んじている歌なのに、そして人との死別を詠んだうたでもないのに、私は目の覚めるようなはじめての感覚でつながった。かなしみに甘えるな、と自分を叱った時、「花に別れぬ春しなければ」を常識的と読んだ自分が恥ずかしくなっていた。情の監視は多様にある。自分の「時」ということもあろう。理屈ではなくうたの力を知った貴重な経験である。

（二〇一五年一月号）

風に吹かれて

竜巻というもの、起り易い土地とそうでない土地があるらしい。長い間そう思い込んでいたので、過日、自分の住んでいる神奈川県に発生した竜巻には怯えた。

と言っても、すぐ近くではなかったから直接の被害はなかったものの、その夜、気象予報士の、気圧の変化に伴う気象の話を聞いて自分の不勉強を知り、そう言えばあの風は今まで吹かれた覚えのない風であったと思い返されることがあった。

いつものリハビリクリニック行きで、夕方、下の駐車場に待っていてくれるはずのタクシーに乗ろうと、前庭に面した五階の通路に出た。いきなり東からの強い風。エレベーターホールまではかなり長い直線距離である。

晴れた日には、この通路を入院していた病院の訓練用の長廊下に見立てて、歩行練習にはうってつけの場所としていた。ところが、にわかに風の容子が変った。急速に強さが加わってくる。ただの風ではない。足元からすくい上げられるような切れ目のない風の動きに思わずよろけそうになって身を固くした。杖を握りしめて夢中でエレベーターホールに急いだ。

「今あなたが一番気をつけなければならないのは転倒です」

宙にマッサージ師の声を聞いた。

変形性の関節症に難渋してから長い。医師は、今の痛みから解放されるには両膝の手術しかない。強制はしないがすすめますと繰り返された。我慢もいいが、突然全く歩けなくなるような可能性が無いとは言えないので、とも。

そう言われると、鎮痛の注射も効かなくなった身としては考え込まざるを得ない。さきの手術から二年も経たないうちに同類の新しい症状が加わった。今度の手術をすれば、入院期間が長いことも知らされている。医師は、年齢や手術による内臓への影響などもむろん考えた上でのすすめであると言う。私は恐る恐る医師に、死病ではないことを確かめた。

かなりの日数を経て、言い難かったが、「やはり手術は受けたくありません」と言った。肩に力が入った。医師は笑顔になって、「いいですよ。ご本人の意志は尊重します。マッサージを中心に、出来るだけのことをしてみましょう」とも言ってくれた。私が一番恐れているのは、体調不如意のために、今でさえ遅れに遅れている一つの仕事が、手術入院で約束を果せなくなるのではないかということである。医師のすすめはその通りかもしれないが、完治が保障されているわけでもない。このまま我慢して痛みとつき合いきれるかどうかは自分にも分かっていない。しかし行けるところまでの覚悟である。

風が運んでくるように、まだ平穏であった新疆ウイグル自治区で耳にした日本語が聞えてくる。私は五十代の半ばだった。国土の広大な中国では、たとえば首都からウルムチ、トルファンなどに行くのに、旅の一行に付き添う通訳は一人ではない。途中交替で、常に地域の通訳が先に立った。近くて遠い中国を意識した一例である。

ウイグル自治区で知った通訳は、まだ若い美貌の女性であった。日本を遠く離れた土地で、かつての国語教科書から抜け出したような日本語の運用を目のあたりにしたのは、思いもかけない衝撃であった。

彼女は詩人風の言葉を用いたのでもなければ、知識人風の用語で目立ったのでもない。私も知っている日本語は、かつて、日常、ごく普通にこのように用いられていた。ごく普通であったから、日本語という意識すらなかった。

ごく普通の日本語というのは、私が小学校と国民学校時代の教科書で教わった日本語すなわち国語というほどの意味であるが、高等教育の国語にまではいたらずといえども、日常生活にはまず事欠かない、いい加減にではなく使用すれば、人それぞれの考えも喜怒哀楽も通じ合う基本的な言葉の集団である。

今にして思えば、そこには、地球上の北の果てでも南の果てでもない国の風土が生きていて、物や事の感じ方が粗雑でない、下品でもない日本人が生きていた。妙に一律平等ではなく、人智を超えたものを恐れる心、神仏や経験を積んだ先師、先人を敬う心、老人や病人、幼少の者をいたわる心が、人間のありようの自然としてあらわれていた。

日本語が汚れていない。

日本語が歪められていない。

日本語がもてあそばれていない。

日本語と馴れ合っていない。

その通訳の日本語に聞き入ったあとで、私は少しだけ親しくなった時間に彼女にたずねた。

「あなたはどこで日本語を?」

すると彼女は、

「二年ばかり京都にいて、そこで」

と答えた。

彼女の通訳には、京都風のアクセントもなければ関西弁の訛りもなかった。賢くて感度も高く、よほどいい人によい教わり方をしたのであろう。大袈裟な尊敬もないが、へりくだる心はあって、乱暴な、投げやりな言葉遣いには一度も逢わなかった。

私はすべての日本人がこのようにあるべしなどとは考えてもいない。ただ基本を身につけてさえいれば、一時的な変化に崩れることはあるまい。大切なのは、基本を学んでいるかどうかだとつくづく思ったのである。

人の言葉遣いは、その人その人の存在そのものである。その人が生きている程度以上でもなければそれ以下でもない。これは私が本居宣長の言語観に導かれてようやく思い至った認識である。言葉は全身で消化し、全身で運用するものなので、それが意識的であろうと無意識であろうと、ちょっと借用した程度では身につかず、従って説得力もない。人それぞれの言葉遣いは自由であって、他人の言語感覚に注文をつけることはできないし、自分とても注文をつけられたくはない。異る言語感覚や言語認識には、違和感で耐えるばかり、願望で向かい合うばかりである。

ひとつの言葉が、発生時の意味内容を保ち続けるとは限らず、時代によって意味内容を少しずつ変えてゆくのは、言葉にもある運命かもしれない。変化だけでなく、消滅をも含めて。つい先頃「紫式部日記」を読み返していた。彼女の「はづかし」多用は、時に自意識過剰と思わせるほどであるが、現代の用い方とは少し異っていて、相手を讃える言葉、相手への尊敬、敬愛、讃歎の言葉として多く用いられている。こちらが恥ずかしくなるほどのすぐれた歌詠み。恥ずかしくなるほどの見上げるばかりの立ち居振舞、というふうに続いてゆく。

これは身の「ほど」を自覚している心のあらわれで、自らの情理を客体化し得る知的判断力を必要とする。今の時代は、「はずかしい」が「見栄」や「外聞」につながって用いられることが少なくない。周知のように「紫式部日記」は、文才に期待をかけられての主家繁栄の記録が重い役割を担っている日記で、そこは作者も期待を裏切らない慎重な応えようであるが、何といっても私におもしろいのは、清少納言や和泉式部をふくむ女房批評の部分である。

自分の情理を客体化し得る知的判断の持ち主が、あの女は髪が短いので、髪を付け足して出仕しているとか、多かった髪の毛もすっかり脱け落ちて、などと髪かたちに及んで遠慮のない描写をしている自己解放に引き込まれてしまう。後宮の他の局の女房への対抗意識もかなり露骨で、隠し通そうとしていた教養の程度についての自負も優越感も並のものではない。

けれども他人の弱点を鋭く突きながら彼女の平衡感覚は突き放しでは終らず、情理の間を往きつ戻りつするが決して満足はしていない。この不自由を見事に超えているのが「源氏物語」で、作中の人物どの一人をもってしても作者の情理の代行者といえるものはいない。登場人物すべてを合わせたところにしか作者の情理の規模ははからせないのがあの物語である。この物語の中で、彼女の「ほど」の自覚はのびやかに駆使されて、これほどの大規模な情と理を生きた人の実在に感歎は古びない。

注文はつけられないと言いながら、「ほど」の自覚がないと思われる言葉の氾濫に、違和感の働きは忙しい。自戒を含めて、一日として言葉に縋りつかない日はないし、言葉の不気味、恐ろしさ、つまりは自分の不可解にたじろぐこときりもない。自分の不用意な言葉遣いも、自分の言葉遣いによってしか改められないことも知らされて久しい。何とも遙かな道である。風に吹かれて、あらぬ方へ来てしまった。

（二〇一五年三月号）

「あいまいな物言い」について

一篇の小説を読み終ったあとで、いつのまにか一首の歌を反芻している時がある。この一首は、読後にひらける新たな世界をも併せて、作品を統一していることが多い。反芻を促される一首は、自分の時に応じて異る場合もあれば繰り返されることもある。

私は又、出会った一首に平静を乱されて、そこから一篇の小説を書き始める時もある。いずれにしても、和歌の刺激が喚起するものをそれとして反応する感性のはたらきの自由が前提になっていて、大雑把には、余情の尊重として折り合いをつけている。

詩歌小説を問わず、余情に乏しい作品とは、勢い遠くなっている。余情はその都度新しく、人間の既知と未知にわたって限定されることもない。その広さと厚み、その規模の大小が、究極のところでは生の肯定につながっていると思われるのがありがたい。

「古今和歌集」への意識的な接近は、私の場合「雑歌《ぞうか》」であった。学校の教材としての

「古今集」には、むろん少なくない知識を与えられていて、そのようなものとしてある程度整理された「古今集」は私にもあった。しかし「古今集」が、一般的な教養書としてではなく、自分の中でいきづきはじめたのはずっと後になってである。

意識的接近の対象が「雑歌」となった時、私はすでに小説らしいものを書き始めていたし、平安の叡智の宇宙理解、自然観を示すものとして教わってきた四季の歌全体は、宇宙の呼びかけを感じた「古今集」歌人の、答歌だけが配列された宇宙との贈答とも読める、という恣意をたのしむ読者にもなっていた。

その都度新しく、人間の既知と未知にわたって限定されることもない。想像力に訴える側にしても、訴えられる側にしても、人それぞれにおいて自由なのが余情の経験である。私にとっては、作品の大きさも小ささも、この余情の効果をふくんでいるが、物を言い過ぎても言い足りなくても余情には逆効果という難しさはつねにつきまとう。言い過ぎたための逆効果を指摘した好例として、鴨長明の「無名抄」に残された俊恵の言葉を大切にする。同時代の誰にかなう批評であったろうか。

平安時代末期から鎌倉時代にかけての歌界の要人として、歌の表舞台に立ち続け、後鳥羽院から九十の賀を賜った藤原俊成とは対象的に、若くして東大寺の僧となり、自らの僧房歌林苑を開放して地下《ぢげ》の歌人たちの敬愛を集めていた俊恵法師の勇気ある俊成歌評である。

夕されば野辺の秋風身にしみて
　鶉鳴くなり深草の里

という一首を、自分の「おもて歌（代表的秀歌）」として固執する俊成とその歌についての評。
「かの歌は『身にしみて』といふ腰の句（第三句の五文字）のいみじう無念に覚ゆるなり。これほどになりぬる歌は、景気をいひ流して、ただ空に身にしみけんかしと思はせたるこそ、心にくくも優にも侍れ。いみじういひもて行きて、歌の詮（究極）とすべきふしをさはとひ現したれば、無下《むげ》にこと浅くなりぬる」（（）内の注は竹西）

歌の表現には想像力への訴えが大切なのに、歌の究極、歌の心になるものを直接言葉にしてしまった。言い過ぎが、歌そのものをうすっぺらなものにしてしまった、というのである。

詩歌や小説における余情の尊重を、私は多分これからも続けるであろう。用いた言葉だけの表現に、直接には用いなかった言葉による表現を加えるという期待に賭けたこの行為は、言葉で生きる人間ならではの行為と思う。けれどもこの行為が、日常の言語生活全般にわたってつねに許容され、行使されるべきものだとは考えていない。なぜならば、感受性のはたらきの自由を前提とするこの行為は、とかく「あいまいな物言い」となって誤解や当惑、困惑を招きがちであり、時に又無意識の優越感となって、日常の人間関係の円滑をそこなうからである。言葉のはたらきに対する無邪気な一方的信頼などといってすまされることでもない。

言葉の専門家であろうとなかろうと、そんなことには関係なく、言葉で日常生活を営む者の一人として、自戒をふくめて警戒すべきは、諸刃の剣である言葉のはたらきについての不遜であろう。あいまいさを逆手にとった怠慢であろう。言葉で生きる人間についての認識不足であろう。繰り返し考え、記してもきたが、言葉づかいは常に言い訳のできない人それぞれの存在証明であって、よき、あしき物言いに、人それぞれの人間や世界の見方が宿っている。恃めない言葉を、恃めないからこそさまざまに運用して恃もうとする行為に伴う明暗については、いくら怖れても怖れ過ぎということはない。


さき頃来日したドイツのメルケル首相の、築地浜離宮朝日ホールでの講演（朝日新聞社・財団法人ベルリン日独センター共催・平成二十七年［二〇一五］三月九日）全文と、質疑応答の主なやりとり、日独共同会見の要旨が、三月十日の「朝日新聞」に掲載された。

岩倉使節団のベルリン到着から日独の関係の歴史を語りはじめている氏の講演は、翻訳からの印象ではあるけれど、東西ドイツを生きてきた為政者として、周到でありながら人間としてのぬくもりを失わず、簡明な強い言葉をひるまず発して、事実認識に厳しい勇気ある発言者だと思った。聞いている限り、いや読んでいる限り、文言の不明瞭に迷うことはなかった。事実をぼかして話そうといった姿勢は見られず、まっすぐに届くのを素直に聞きとどけるよう促す言葉だった。

この日の言及は多岐にわたった。ドイツが脱原発に及んだきっかけが、福島の原発事故にあったことも明かされたが、講演の中で一つだけ取り上げると、ワイツゼッカー元大統領の言葉を借りればと断りながら、ヨーロッパでの終戦の日である一九四五年五月八日は、「ナチスの蛮行」「ドイツが引き起した第二次世界大戦の恐怖」「ホロコースト（ユダヤ人大虐殺）という文明破壊」、この三つからの解放の日だと明言されたことである。

質疑応答では、ホロコーストの時代があったにもかかわらずドイツが国際社会に受け入れられた理由として、「ドイツが過去ときちんと向き合った」事実に、「隣国フランスの寛容な振る舞い」が重ねられたが、近隣との和解の前提としての過去の総括を、臆することなく、はっきりした言葉で聞き入らせた。無駄のない、迷いの余地を残さない言葉の運用に、現代ドイツの為政者を見た。


来日したメルケル首相の講演についての右のような感想は、近年の日本の政権要人の発言や、法制整備にかかわる文案の文言に、違和感を覚える機会が増えていることや、テレビの国会中継での与野党の討議に期待しながら、討議、討論ならぬ言葉の応酬に失望を重ねているせいもあるかと思う。

決して易しくはないと承知してはいるけれども、極力あいまいな物言いは避けてほしい、その意見への賛否はあとのこととして、多くの人が、聞きながらその文言の意味の不明瞭に迷わなくてすむような、理解し易い、はっきりした物言いで意見を述べてほしい、そう願うものの一つが、私には為政の人の国政に関わる発言なのである。

現政権好みの文言のいくつかはとうに覚えてしまったが、大事な政策を言う文言の中に、一度ならず「いわゆる」を用いられると、にわかに空が曇った感じになる。一つ言葉を連発されると、その言葉を聞かないのと同じになりかねない例の一つは「まさに」である。丁寧な説明とは、同じ文言で同じ主張をただ繰り返すことではないだろう。他人の言語感覚に注文はつけられないし、自分とても注文をつけられたくはないと先月ここで書いたばかりであるが、政権要人の国会での発言は「公」のものとして私は聞く。貴重な時間に当てられた一語一語の重みをからだ全体で受けとめようとする。

好みの修飾語に力をこめられるのも、好みの文言を繰り返されるのも自由、自由ではあるけれども、政策を述べられる限りにおいては、あいまいの余地は極力少なくしてほしい。世界に向かっての、日本が誇るべき独自の政策なら、できれば全部日本語で発表してほしい。日本のよさの中に、ぜひ国語を入れてほしい。それは日本語がすぐれているからではない。追随ではない日本人の独自性、日本人の情理の特質を重んじたいのである。経済優先。国際貢献。英語尊重。いずれの分野においても日本人の行動のみなもと、情理のみなもとにあるのは国語ではないのか。

私には、今、つかみきれない気配のただよいの中で、しかし不穏な何事かが確実に進行しているという不安の自覚がある。民意の結集をほとんど無視しているような冷たさと、何かと言えば有識者会議を開いて、公平への配慮をみせ、現政権がなぜか急ぎ足の歩みを続けている。

不穏な何事かの進行の中心に、現政権が、集団的自衛権の行使容認を閣議決定したこと、関連の法整備をすすめていることがある。整備の過程で折々に示される文案の改正が、迷う余地のない文言で私に納得されることはほとんどない。私の不勉強もあるが、憲法解釈の変更から憲法改正にまでわたる文言だけに、不明瞭の余地を残さない文言として納得したいのである。上官の命令に背けず、死以外の道を歩めなかったさきの大戦での兵卒の無残を思いつつ、積極的平和主義と平和主義の違いが未だに分からず、心でうつむいている。

（二〇一五年四月号）

櫻散る日に

いくら思い返してみても、肥満の藤原定家の姿は浮かんでこない。私の中では、菅原道真も藤原良経も痩身である。もう一人。紀貫之もまた気病みがちの、痩せぎすでくぐもり声の文化人。いずれも勝手な想像とは知りながら、こういう思い込みにもそれなりの理由づけはあって、自分にはそれがけっこう愉しい。

教科書の中の貫之は、知られるように、和歌史にそびえる栄誉の人で、都が平安京であった時代に、醍醐天皇の下命で成立した日本最初の勅撰和歌集「古今和歌集」の撰者の一人。撰者であって収録歌数も最多の一〇五首。加えて彼はこの歌集の序文を仮名で書いた。古今集には真名＝漢字の序文もついている。こちらは紀淑望《よしもち》。

詠歌と仮名の序文。この序文は並の文章ではない。やまと歌すなわち和歌のはじまりから静かに説き起した文章で、歌はなぜ人に必要とされたのか、歌の働きが、実例に即して平易な言葉で簡潔に説明される。過去から現在への考察は未来にもひらけて、歌のありようにまで及んでいる。

歌への好みは人さまざまとして、この仮名序が立派であることを受身でひたすら仰いでいるあいだ、栄誉の人は悩める人ではなかった。私自身が書くことで迷い、悩む時になって、人の心と言葉への渉《わた》りようの深さと広さにおいて、この仮名の序文は歌論であって歌論を超えた稀な文学論になっていると気づいた頃から、栄誉の人を多面の屈折で感じるようになった。

栄誉に安住している人ではない。情にも理にも働いている彼の知性が、物に感じる心の動きを作歌の基本としつつも、環境に、多様な違和感を覚え、それをよく保ち、違和感で対い合う対象といかに折り合いをつけるかに気を遣っている。

貫之の物言いに立ち止まるようになった自分に、仮名の序は、彼の悩みの抑え難い表明として、多くを訴えるようになった。貫之の言葉遣いと自分の関係の変化を知らされた。

表面張力のような言語表現の奥に想像する違和感とのたたかい。じつは、藤原定家や菅原道真、藤原良経にも痩身を想像する理由は、ひとえに彼等の言葉遣いによっている。仕上がりの美しさにこめられている悩みの複雑、屈折、違和感の多様。彼等の言葉に、心のありようとの関りを探らされる。

貫之のなおざりならぬ覚悟を感じる仮名序の一節を引く。底から突き上げてくるような喚起と促しの原動力は何か。

やまと歌は、人の心を種としてよろづの言の葉とぞなれりける。世の中にある人、ことわざ繁きものなれば、心に思ふことを、見るもの聞くものにつけて言ひ出だせるなり。花に鳴く鶯、水にすむかはづの声を聞けば、生きとし生けるもの、いづれか歌を詠まざりける。力をも入れずして天地《あめつち》を動かし、目に見えぬ鬼神《おにがみ》をもあはれと思はせ、男女のなかをもやはらげ、猛きもののふの心を慰むるは歌なり。

「言ひ出だせるもの」としての歌。物に感じる心としての情感のいたわり。理性のはからいへの感性の従属の拒否。「力をも入れずして天地を動かす」歌がおのずから知らせる暴力や武力の限界。人の内奥に与える歌の影響の限りなさ。公文書はすべて漢文という時代である。漢詩、漢文が男子の公の学問であった時代である。官吏としての経歴をもつ貫之が、漢詩、漢文にも当然通じていた貫之が、勅命あってこそとはいえ、「やまと歌」の擁護になおざりならぬ覚悟で起ったであろう胸のうちは、時代の男性官吏は手を染めなかった仮名日記を、女手を装ってまで書いた「土佐日記」への欲望にも通じていよう。

やまと歌と仮名日記。この二つのものを支えていた貫之を追うと、文人としての評価のされ方とは異り、官吏としては年令不相応な官位の低さに対する不満も見捨て難くはあるものの、それを直截に打ちつけることはせず、さりとて諦めているわけでもなく、執念深く抱え込み、鬱屈の守りを通して、言葉で生きた一人の無器用な痩身の男性が浮かび上がるのである。その貫之に、次のような一首がある。

桜花散りぬる風のなごりには
　水なき空に波ぞ立ちける（古今和歌集　春・下）

古来和歌の集には数え切れないほど多くの桜の歌があり、「古今集」もその例外ではない。「亭子院の歌合の歌」という詞書をもつ右の一首に、私は惹かれている。風のなごりを思わせてゆっくりと散っている桜の花びらを、大空のさざ波のように追う、現実にこの目で物を見ることと、言葉で物を見ることとの違いの垣などすっかり取り払われた次元に悠々と運び出してくれる快さに、ただ身を委せていたいと思う歌。こういう次元に、違和感との折り合いをつけている貫之を見る思いもある。不自由を積んだあとの自由の切実さが、穏やかに澄んでいる。長年の訓練のあとにしか出現しない言葉の平明とひろがりに心を動かされる。

染井吉野の開花前線が、連日テレビで放映されている。地方統一選挙も終った。与党の優勢。福島の第一原発の事故処理は不手際続き。今度はロボットが動かなくなった。与党だけでなぜかいそがしくすすめられている集団的自衛権の法整備。沖縄県民の訴えに、まるで問答無用のように「粛々と」すすめられている日米安保条約の履行。憲法解釈の変更と憲法改正への動き。みるみるうちに変ってしまった武器三原則の緩和。自衛隊の活動範囲の拡大と、その度に用いられる説明の言葉の不明確に焦立ってしまう。おどろくような速度ですすめられている諸々の改革の立法に、私の理解はとうてい追いつかない。私はこの違和感をどう処理すればいいのだろう。どこにどう折り合いをつければいいのだろう。農協はなぜ廃止されるのか。福島の原発事故処理の見通しはどうなっているのか。

ここ、川崎に住みはじめてそろそろ二十五年である。建物の二度目の大がかりな修理と塗装工事が始まっている。

移って来る前、三十年余住んでいた世田谷の家には、広くもない庭だったが一本だけ桜の木があった。八重桜だった。それでも、幹のしっかりしていた山椒の木と、植込みの蕗のとうは、陋屋の春を告げるかけがえのない植物であった。

川端康成の自死が伝えられた一九七二年（昭和四十七）はまだ世田谷にいた。川端康成を無二の師と仰いだ三島由紀夫の割腹自殺に川端氏が葬儀委員長をつとめられてから、まだ二年も過ぎていなかった。

川端康成の最後の創作は、「隅田川」となった。戦後、時を定めず、間をおいては発表された「反橋」「しぐれ」「住吉」「隅田川」の四作を、作者は何も言っていないのにとりあえず連作と呼ぶのは、共通して、最初と末尾の文章が同文であることによる。

川端康成の「千羽鶴」よりも「山の音」により近く身を寄せながら、短篇のかたちを探りあぐねていた私が、「あなたはどこにおいでなのでしょうか」という一文で始まる「反橋」の、同じ文章での終りに読みいたった時の、規模の大きな充足感に受けた刺激は強かった。

およそ小説の約束事などは無視されているような、自在といえば自在、野放図といえばそう言えなくもない筆運びで、この世とさきの世、後の世との関わりようを証し続ける作者がいる。哲学のようで哲学ではなく、随想のようで随想でもない。しかし文学であることだけは疑わせず浸透してくる文章に、一人称の小説の可能性へのあかりを掲げられた気分で、私は不逞にも浮いた。

呼びかけられる「あなた」に、作者の母恋いを連想するのは避けられないとしても、そこにとどまらない形而上性を読みたくなるのは間違っていようか。谷崎潤一郎の母恋いと、川端康成の母恋いが、微妙に異っているのを承知の上で、母をも呼び込みながら、なおそれを超える永遠なるものへの憧憬を読む時、四つの器がほどけて永遠に向かう経緯は魅力である。

あの年の四月の下旬、私は庭にいて折からの花吹雪に包まれていた。私が生きている以上、死者の死因の追求など出来るはずがない。無意味だと思った。ただ、四つの短篇がもう書きつがれなくなったという事実が無性にかなしかった。

（二〇一五年五月号）

今年の新茶

Nさんがお母さんになった。
Nさんもお母さんになった。

散る桜を惜しむ日々と入れ替るように、にわかに色数を増してきた花や若葉の勢いに、それとなく心せかれていた一日、孫娘ほどの齢の開きのNさんから、女児出産の手紙を受け取った。

世間並みには少し遅い初産を案じてはいたが、杞憂だった。……母性というものは、子供が生まれた瞬間に魔法のように芽生えるものかと夢想していたけれども、今の自分は、親になった感慨よりも、まずは自分が哺乳動物であることを新鮮に受けとめている。親子の関係は、時間をかけて築いていく人対人の関係なのだと気がついた。昨日と今日の区別もできないような日が続くので、鳩時計を買った。赤子に泣かれ、困り果てて一緒に泣いてしまうこともある……。

独り身で生きてきたのだから、私にこんな経験のないのは当り前であるが、それでもこれはいい手紙だと思った。沈着と感性の柔軟が齢の開きを忘れさせた。

Nさんがこういう手紙を書いている。

Nさんがこういう手紙を書くようになった。

いつまでも孫娘のようなNさんではない。

時は過ぎ行く。

そう、時は過ぎ行く、事も無げに。

毎年この頃になると、仏前によく四季咲きの風露草を供えた。掌状に裂けた薄い葉と、淡い紅紫の五弁の花の可憐を好んだ。しかし住人の体調でベランダの事情が少しずつ変ってきた。去年や一昨年のベランダを思い返し乍ら、知人の贈り物の花束の中から、常夏を抜いて供花にさせてもらう。濃い紅色の五弁の花に、まだ見ぬNさんの女児を思う。

にわかに色数を増してきた花や若葉の勢いに反応して、目に見えるものの変化にそれとなくせかれている自分は、その一方で、消えようのない不安におびえている自分でもある。せかれているのは、その不安のせいもあろう。手の届かないところで、目に見えない何かが大きく変ろうとしているような予感にひるんでいる。納得の間に合わないこと、分らないままの、きっと大切なことが、次々に重なってゆくというのに、少なくとも快いとは言えぬ予感のままに、時の波に流されている自分がいる。快くはなくても、生きている限り私はそこでしか生きられないはずなのに。

　過ぎ行く時のままに、逆らおうにも逆らえぬ身を嘆いたのは、源氏の物語の主人公だった。「若葉」は「下」の一節。兄の朱雀院に後見を託されて、女三の宮の降嫁を拒めなかった准太上天皇の光源氏である。なおざりならぬ宮の扱いではあったが、その懐妊に源氏が不審を抱きはじめていた頃、偶然に見つけた手紙に衝撃を受ける。源氏は、母后藤壺と共有した若き日の過失の記憶におびえ乍ら、屈辱に耐えて、朱雀院五十の賀の試楽の宴席で、女三の宮の不義の相手に精一杯の皮肉を言う。

「過ぐる齢《よはひ》にそへては、酔泣《ゑひな》きこそとどめがたきわざなりけれ。衛門督《ゑもんのかみ》（致仕《ちじ》の大臣《おとど》頭中将の息子柏木）心とどめてほほ笑《ゑ》まるる、いと心恥づかしや。さりとも、いましばしならん。逆さまに行かぬ年月よ。老《おい》は、えのがれぬわざなり」

　源氏に目を据えられ、盃を強いられた柏木は、この日以降病み患う人になる。

酔えば涙のこぼれるのをどうすることもできないのが老いたるしるし。何ともお恥ずかしい。しかし若さを恃めるのも今しばらくのうち。「逆さまに行かぬ年月よ。老《おい》は、えのがれぬわざなり」

まだお元気であった頃の円地文子氏は、「源氏物語」の口語訳をなさっている間に、よく物語の舞台への旅をなさった。私の知る限りでも、それは初めての取材旅行などではなく、同じところへの繰り返しての旅であった。よく、お伴に誘ってくださった。

旅先で色紙などを求められると、こういうの、好きじゃないんですけれどね、と仰りながら、一度ならず「逆さまに行かぬ年月よ」とお書きになっていた。どういうお気持であったか。逝かれてもう二十九年とは。「娘は半生《はんなま》が好きで」と、京都ではきまって老舗の和菓子をお土産に求めていられたが、その素子さんも先年亡くなられた。

時は過ぎ行く。
逆さまに行かぬ年月よ。

しかしこう詠んだ人もいる。

嘆きつつ春より夏も暮れぬれど

別れはけふのここちこそすれ

「別れはけふのここちこそすれ」

藤原俊成の家集「長秋草」所収の亡妻悼歌のうちである。死別した美福門院加賀とは、容易な結ばれ方ではなかった。時代の歌詠み、歌合の判者、歌論者の重鎮としての存在感とは別に、歌の家を守り伝えようとする人ならではの思慮の規模の大きさに、時に使命感を超えたあくどささえ感じてきた人であるが、歌詠みとしての実力といい、策士的一面といい、精力的な女性関係といい、思い立ったことへの執念深さといい、その長命の充実は、和歌の歴史にちょっと例のない人ではなかったかと思う。

先夫寂超との間に才能豊かな子息もあった美福門院加賀に、すでに多くの子女をかかえていた俊成がなぜあれほど執着したのか。人の魅力を感じるてだてが、直接にはその人の言葉である場合が多い私にとって、俊成の、胸苦しくなるような恋歌の数々は、加賀の、抑制のきいた数少ない恋歌とともに、加賀の魅力を強めるものになっている。

もう若くはない両親の間に生まれた定家が、とかく健康に恵まれず、庇われてわがままに育っているらしいのはそれとなく納得されるし、あの歌才の夢幻優美のはなやぎには、俊成にないものがあって、夢かうつつかの歌境に惹かれてきた年月も短くはなかった。

けれども自分に齢が加わるにつれて、定家の歌から色を抜き、身を低くして、静かに詠んでいるような俊成の大きな息づかいを、より近くに感じる自分が育ってきたらしい。歌が重い。

引用した亡妻を偲ぶ歌は、古人の悼歌の中でも、倦かず反芻してきた一首である。しかしはじめてのようにふっと気づいたのは、四句五句の時間感覚である。時の流れに随うのではなく、逆さまに行かぬ年月を嘆くのでもなく、過ぎた時を、動かぬ今と言い定めている作者がいる。

新茶をいただいた。

毎年同じ人からの新茶を丁寧に淹れる。嚥下の直後の芳香と、口中におだやかにひろがる甘味に、敬愛、親愛の対象の多くにおくれ、残って今年の新茶に恵まれている身の幸いにしおらしくなる。

青空に「9条守れ」と3万人

二〇一五年（平成二十七）五月四日の「東京新聞」朝刊、すなわち憲法記念日の翌日の朝刊第一面、上段見出しの文言である。横浜市西区の臨海パークで開かれた「平和といのちと人権を！ 戦争・原発・貧困・差別を許さない」をテーマにした集会の記事と、主催者側発表約三万人参加のヘリコプターからの空撮写真が掲載されている。

写真は、同日の「朝日新聞」朝刊にも掲載されている。憲法九条の解釈を変え、集団的自衛権の行使を認める安保法制の成立を、今国会で目指している安倍政権に反対するこのただならぬ約三万の民意を、政権はどう聞くのか。それとも、「粛々として」黙殺するのか。

手の届かないところで、何かが大きく変ろうとしているような不快な予感にひるんでいる私は、新聞の記事を読む目に力をこめ乍ら、過ぎてなお動かぬ夏の今と逢い直す。無慚な死と儀式なき死。何の結果？　何の報い？　誰に何を訴えればよいのか。行かぬ夏の、青空のもとでの身の慄え。焼け崩れて低くなった町の、夜風が運んでくる死臭に遠ざけられた眠り。誰がこの責任を？

言葉で成り立つのが「法」のはず。「法文」は「詩文」ではない。折々に政権の示す法の草案に、解釈多様の防げない文言を見るのは恐ろしい。自分は「法」の専門家ではないし、不勉強でもある。しかし少なくとも国の存亡に関わる「法」には、解釈の多様を許すような文言は使ってほしくない。堂々として明白簡潔な言葉を望む。国民の納得できる言葉を。

繰り返される「積極的平和主義」と、自衛隊の活動範囲を、地球規模に拡大するという関係が分らない。「貢献」という言葉が躍っている。国民の命と財産を守るのが国のリーダーの責任だという言葉も。それならば、福島の原発被災者の今はどう見ればよいのか。命令されれば背けぬのが自衛隊員。彼等も国民。彼等はどこまでどう守られるのか。自衛隊と外国の戦争との関係が分らない。私には分らないことが多過ぎる。国民の一人として、もっともっと賢くならねばならぬ。
今年の新茶を、行かぬ夏とともに喫む。

（二〇一五年六月号）

為政者の言葉

政治は言葉だ。

改めてそう思う機会がこの頃多くなっている。

新聞を読む。

テレビで国会中継を視聴する。

閣議決定後、いよいよ国会に提出された重大な法案。憲法改正という厳密な手続きは踏まず、憲法そのものは変えずに、憲法の解釈変更という手段で自衛隊の海外での武力行使への道を開く法案の審議が始まっている。

戦争放棄が定められ、天皇をはじめ公務員すべての義務として尊重と擁護が定められている憲法は、簡単に解釈変更など出来るものではないと思い込んできた者が、国の命運に関るこの審議をなおざりに視聴できるはずもない。

平成二十五年（二〇一三）の五月三日、「96条改正という「革命」」と題して、「朝日新聞」（オピニオン面）に掲載された憲法学者石川健治氏の文章の明晰は、いかなる立場の政治家も守るべきは「政治の矩《のり》」であるのに、それを踏み外そうとしている「反知性主義」の政権与党の主張は「戦慄すべき事態」だとして私の蒙をついた。その明晰にいかに救われたかは、三一一回に記した通りである。

私は自分の不勉強を反省し、恥じているが、この憲法学者の言葉は簡潔平明で、使われている限りにおいて、解釈の多様を促される言葉や文章はなかったので、安心して読み返した。現在国会で審議され、なぜか成立の急がれている法案が、国会での審議よりも先に、成立予定の時期とともに諸外国に向けて報じられているのは何と理解すべきか。国民が選んだ代表者の集りである国会への法案提示は後まわし。

しかし国会中継を視聴していて次第に滅入ってくるのは、ここで交わされている言葉のせいだと思うことが多い。あれが質疑応答というものか。議論を深めるということか。審議を尽すということか。簡潔に、短く答えてほしいという野党議員の質問に対して、たとえばある日の総理は、多くの場合応じていなかった。直接の答弁はなく、自分の政見を延々と述べるのに情熱的で、文言にも繰り返しが多い。質問の時間を限られている質問者は当然焦ってくる。質問と答弁の時間の割合を示した新聞記事もあった。

擦れ違いのままの演説が続く。議場整理ももっとよくは出来ないものか。擦れ違ったままの自説の反復主張は、議論を深めることにはならない。相手の問いはどう受け取られたものか。自説の正当性を主張し続けることが、国民への丁寧な説明をくり返して理解を求める行為だと思われているなら、それは違う、押しつけるだけだと言いたい。

総じて自己主張のない為政者もさびしいが、他人の主張に柔軟に対応して関係を深めることのできない、つまり討論のできない為政者もむなしい。用語には好みがあるから、使用は自由としても、為政者が国政の場で用いる言葉は、すべての国民を対象として、何よりもまず、よく分かる、判断を迷わせなくてすむ、解釈の多様は促さない、平明な言葉であってほしい。修飾語が、更に文言を美しい余韻に導く折もあるが、多くの場合負にはたらき、効果はあげ難いので、なるべく修飾語には頼らず、国政の場では、主語と述語に重みを与えてほしい。

質問に答えてもらう、それを繰り返していくうちに、答弁の文言の変化から、質問者に判断の迷いが生じる場合がある。答弁する為政者の側が、意見を確実に自分のものとしていない場合が多い。平明な言葉で所有されている意見は、どのように質問されても多分揺れることはない。

私一個の好みとは関りなく、瞬時といえども自分の存在が国の政治の外にはあり得ないのだと気づいたのがあまりにも遅く、不勉強と感度の鈍さをさらすようなものであるが、一旦気づいてからは、為政者の言葉に対する自分の反応も変ってきた。当然のことながら、自分のもの言いに対する反省も避けられない。

一九四五年（昭和二十）は、八月六日の米軍の原爆投下で、これが人間の生きる姿かと嘆かれる恐ろしい日々が始まった年なので、同年八月十五日の敗戦は、衝撃度において弱かった。

それまで、核兵器による被曝患者は一人もいなかった国である。ほとんどの医師に診療経験はなく、見たことのないような怪我人も食用油と赤チンを塗られるだけという凄まじさ。苦痛を訴えようにもどこに訴えればよいかが分からず、手だてもない。あの夏の日々を思えば、大方の我慢は出来ると思ったけれども、人間は弱い。

被爆時、軍需工場に動員されていた十六歳の女学生は、その後旧制の女専に学び、二十歳の時廃墟の町を離れて東京に移った。新学制の早稲田大学に編入学。在学中に対日平和条約・日米安全保障条約が調印されている。

何しろ知識がない。戦争中の学びの不足が恐ろしく不安で、時間のある限り大学の図書館にこもり、専修の国文学以外の講義を聴きに、あちこちの教室に出向いた。その頃の自分に、一刻たりとも、私の存在は国の政治の外にはない、という実感はまだ育っていない。文学と政治、文学と歴史という知識の図式にとらわれていた。

生活の苦しさはありながら、政治は為政者という専門家のものとして、はじめから距離をおいていた。専門家であってほしいという考えは今も変らない。ただしそれは、一般国民との言葉の通路を保っている専門家のことである。

国政の外では生きられない一国民としての自覚は、やはり社会人として働きはじめてからという気がする。規制が日常化していた戦時中の習慣のせいで、戦後の自由をよろこぶ文化人の声は、遠くにしか聞えず、規制をなつかしむ自分さえいるのが不安でもあった。

為政者は依然として専門家であり続けたが、学生としてではなく、一人の社会人として、生活者として自分を支えなければならなくなり、家族の病気が並行して、政治は急速に近づいてきた。

私自身、会社勤めから書く仕事に移り、古典の導きもあって、人それぞれのあらわれである言葉遣いに人の程を知ることを知らされてから、為政者の言葉を特別視する必要はないと考えるようになった。一国民として結果的には生命を預けている時の政治の運用責任者の言葉も、一国民である自分と同じ次元で考えていいのではないか。

昭和三十五年（一九六〇）に、ラジオで聴いた米国のケネディ大統領の就任演説（勿論日本語訳付きで）に動悸を抑えかねた日、私はまだ出版社に勤めていた。

政治の専門家の演説には、分からない専門用語が多くても仕方がないと諦めていた自分が、ごく普通の、よく分かる言葉で、米国と世界の現状認識と、大統領としての抱負を訴えるケネディの演説に全身の緊張を促されたのは、今にして思えば、為政者の言葉によって、体感で政治とつながったはじめての時であったのかもしれない。政治は言葉だ。私は迷わずそう思った。かなしいかな、その時まで、政治との連繫を、これほどの切実さで実感したことのなかった私には、ケネディの就任演説は突出した記憶として今もある。

平成二十七年（二〇一五）五月二十六日から始まった国会では、平和安全保障法制をめぐる政権提出の法案審議が始まっている。私には馴染みの少ない文言の続いている法案であるが、長く抜け出せないでいるあの靄に関り、国の命運に関る法案と思うので、名称だけでも記しとどめておきたい。

閣議決定された関連法案は、武力攻撃事態法改正案、周辺事態法改正案（重要影響事態法案に名称変更）、国連平和維持活動（ＰＫＯ）協力法改正案などの改正案十本を束ねた一括法案「平和安全法制整備法案」と、国会の事前承認があればどこでも素早く自衛隊を紛争地に派遣することを可能にする「国際平和支援法案」の二本立て。

名称だけでも、おぼえ難い用語の集積。少々の時間で説明の納得できそうな法案とも思われない。成立がどんなに急がれていても、まずは繰り返し読み、聞くことからとは思うけれど、納得したい、共有したい法案であっても、そそり立つ言葉の壁にひるんでしまう。審議は始まったばかり。今から続出する疑問に戸惑っている。平易、明解、簡潔な用語での説明を政見に求める身としては、法案には事を的確に示してほしいのである。多様な解釈を促し、余情をとうとぶ文学ではないのだから。

疑問の文言をほんの少しだけ。「日本が攻撃されていなくても、我が国と密接な関係にある他国が攻撃を受け、新しい3要件を満たせば自衛隊も集団的自衛権を行使し反撃できる」「我が国の存立が脅かされ、国民の生命、自由及び幸福追求の権利が根底から覆される明白な事態」。このような抽象的な文言で誰にも明白な事態がどのように示され得るか。私には、現政権に戦争、あるいは戦闘の実態というものが、どう認識されているのかよく分からない。「後方支援」と「戦闘」の関係をよく聞きたい。

憲法は変えずに解釈を変える。

解釈の変更は時の政権。

政権が変る度に解釈の変更が可能というなら、憲法とは一体何なのか。

諸制度の改めに積極的な現政権を、改めの速度のはやさから行動力のある政権と見ることもできよう。しかし制度は運用が大事で、改めればよいというものではない。結果の責任は見て見ぬふりでは困る。英語の重用が教育制度の改めにまで及んでいる。経済優先、英語重用の発言機会の多い現政権であるが、国民のすべての思考の基本となる国語の重用については、まだ一度も聞いたおぼえがない。私が聞いていないだけ、読んでいないだけなのかもしれない。

（二〇一五年七月号）

私の平成二十七年（二〇一五）八月

いつの年にもまして心重い八月六日、八月九日が過ぎ、暦では秋も立っているのに、異常気象はおさまる気配もない。熱中症で逝く高齢者の数が日々増大する報道が続き、まぶしい陽射しと、見るからに形の乱れた黒雲がひとつ空にあって不安をかき立てる。このさき、日本列島はどういう気象にさらされるのか。

九日、田上長崎市長の、記念式典での平和宣言に気持をつなぐ。静かではあるが理路整然とした、これこそ国民の「心」に添った、「心」のある言葉だと納得する。それは式典のすすめ方にもあらわれていた。

戦争を知らない世代の想像力には限りがある。けれども、その限りを正当化して生きる人間の傲慢は恐ろしい。この怠慢を防ぐのは、国の教育の義務であり、教育を受ける国民の義務でもある。過去のないところには、どんな未来もあり得ない。都合の悪い部分を暗黙のうちに削除して国民に知らせないとすれば、又国民が受身の教育に甘んじて自ら学ぼうとしないとすれば——教えると教わる。学ぶと学ばせる。何を？　偏らない基礎教育が必要になる。敗戦後七十年の各界での企画は今も続いている。ホロコーストと向き合って生きるドイツには、一度ならず沈黙を促されてきた。当然のことながら不快感は伴う。しかし、これは自分と同じ人間の行為である。国民性の違いとだけ言ってすまされることでもない。この不快と向き合う勇気は、叡智の外ではないだろう。

なぜ広島の原爆ドームが現在のように修復されたのか。それには私の知り得ていない多くの理由があると思われる。ただ広島の被爆者の一人としては、あれは違う、という印象だけは消すことができない。たとえどのような理由があっても、あれは敗戦に先立つ被爆の姿ではないと心のうちで言い続けるだろう。以前にもちょっとふれたが、長年、拙文「広島が言わせる言葉」が教科書に採用されていた。しかし気がついた時には無くなっていた。削除される通知はないので知りようもない。教科書に時代の移りを見た。

鶴見俊輔氏が亡くなられた。

大学卒業後、編集者を目ざしてまだ間もない頃、はじめての出版社でお世話になった著者、編著者のお一人であった。出版社を退いてからはほとんどお目にかかっていない。

テレビにはあまりお出にならない方なので、稀な記憶になるけれども、オウム事件で故なき疑いにさらされながら、今は亡き被害者の奥様への献身的介護につくされた河野義行氏を、加害者にもあった人権を認めるというすぐれた日本人として称揚されたお話に感銘があった。

ご不調が伝えられて久しいが、近年の私には、軽い為政者の少なくない時代の静かな重石であった。又、思想を超えて、あらゆる断定に伴う危険への注意を、どこかからそっと喚起されているような、本当の文化人でもあったと思う。

かつて鶴見氏へのインタビューを繰り返しながら、読破した鶴見氏の全著書、共著、誌紙他での発言から、関わりのある部分を引用併収、本文の立体的補強に役立て、鶴見俊輔自伝とも読み得る全十二巻続刊五巻の「鶴見俊輔集」の編集・構成を果された増子信一氏には、人の敬愛の「ほど」を知らされている。よき人を得られた鶴見氏の魅力を改めて思う。

時代の重石が静かに消えた。

振り返ってみると、目には見えないところで多くのご恩を受けている。鶴見氏には、「言い残しておくこと」（二〇〇九年十二月作品社刊）というご本もあって、私はその月報に、「遠くからの謝辞」という小文を寄せている。幾度かお断りしたが、結局増子氏のおすすめを受けてしまった。身の程知らずの文章に難渋した。今は書かせていただいたことに感謝している。

鶴見俊輔氏のご冥福をお祈りする。

日々気象の急変を予告されて気の許せないある朝、ひぐらしの声に、一瞬身を走る爽涼の感あり。

「戦後七十年」、「NHK開局九十年」をはじめとする、各界数字を掲げての記念行事が続いている。放送界も多様であるが、NHKラジオ（第二）での連続放送、「昭和史を味わう」では、その都度次回を待った。当時の録音を再生しながら辿る、放送ならではの日本の歴史という好企画。解説と談話は保阪正康氏。聞き役で進行を兼ねるのはNHKの村島健一氏。

昭和四年（一九二九）生まれの私には、「前線へ送る夕べ」のテーマ曲、「ハイケンスのセレナーデ」をじっと聞き通すにも、子供ニュースのおばさん村岡花子の、「ございます調」のニュースを聞き通すにも、部分的でしかないにしても自分の過去の生き直しを促されるので、懐かしさとは別に、かなりの体力が要った。

番組の数も今とは較べようもなく少ないし、何かと制約も多かったであろう時代環境での放送を、昨今の放送と一律に云々できないのは当然である。「子供ニュース」は「ございます調」で、などと言いたいのではない。ただ、年少者に対して、国語を大切にしている姿勢が伝わってきたのは事実で、ここまでしなくても昨今の放送の送り手にはまだまだ配慮の余地はあると感じた。

この「昭和史を味わう」を聞いて、日頃放送に感じているいくつかの違和を考え直すことにもなった。近年の日本での耳を疑うような犯罪の原因の一つに、年少者への言葉の教育のゆるみを思っている私には、総じて放送の言葉も軽く考えて欲しくないという気持が強い。放送局は直接の教育機関ではない。そうではあっても放送の言葉に朝夕馴染んで育つ年少者に、教育の諸制度のもとで行われている様々な教育現場に劣らぬ、もっと自由な教育現場としての大きな役目も担っているのが放送だと思っている。とりわけ、まだ判断力のそなわっていない年少者の言葉遣いへの無意識の影響には侮り難いものがあろう。

長じて判断力が身にそなわれば、自然に自分からととのえてゆく言葉の生活もあるはずだが、年少の時に、ほとんど体感として肉体化している人それぞれの言葉の習慣は、将来その人だけのものの考え方、感じ方の根幹となって生き続ける大切なもの。もっと拡げて言えば、よしあしは超えてその人の存在証明に関わるもの。侮り難さはそこにある。

言葉は詩人や作家にだけ大事なのではない。日本人だから日本語は使えると思うのは誤りである。そう思った誤りから抜け出そうとして、未だに四苦八苦しているのが私のこの半世紀である。国民の一人として、他人に迷惑をかけずに生きてゆく上での思考や、感受性の養いに必要なのが日常生活の言葉。言葉は万人のもの。教育制度さえ改めれば、教育の実際はよい変化を見せるなどとは、私にはとても考えられない。視聴者に届ける放送の言葉については、今以上に年少者への配慮を怠らず、放送局だけの矜りと、重く広い役目の自覚をお願いしたい。

違和感についてもう一つだけ。

時間の穴埋めかと疑わせるような、音楽の安直な使用。これは主としてラジオ。別の情報を入れるために、放送中の楽曲が当り前のように中断される。やむを得ないと納得できる場合がある。その時は少しも不快ではない。

そうではなくて、これはこういうふうに音楽を使わなくてもよかったのではないか。素人考えかもしれぬが、怠慢としか思われない、放送中の楽曲の事もなげな中断に、しばしば不快の塊になる。曲を中断された作曲者の気持がよく分かるとはとても言えない。それでも、中断されて快く思う作曲者はいないだろうと思うし、特別の理由のない限り、中断しない工夫はあろうにと余計なことまで考える。

今日は八月十四日。

明日は日本の敗戦記念日である。

終戦には違いないが、私は敗戦の日と言い続けてきたし、これからもそう思い続けよう。

明日を前にして、後刻、かねてから予告されている、世界に向かっての日本国総理の記念談話が発表されるという。閣議決定にするとかしないとか揺れていたが、結局閣議決定のものとなったらしい。果たしてどのような日本語で、全世界に向かっての談話は発表されるのであろうか。

（二〇一五年九月号）

二通の手紙

私の訪中はわずか三度でしかないけれど、この旅の経験は自分のものの考え方に小さくない影響を与えたと思う。ものの考え方、と言っても、多くは感覚のおどろきによっているので、沈静には時間も必要であった。

昭和五十六年（一九八一）は、山本健吉氏団長の日本作家代表団の一員として。昭和五十九年（一九八四）は、井上靖氏団長の日本中国文化交流協会代表団の一員として。昭和六十一年（一九八六）は、わがままな耳目の旅をしたかったので、親しい女性編集者の加藤和代さんを誘って二人旅をした。

拙作長篇「長城の風」は、三度の旅のおどろきの集である。亡母に語りかけるかたちをとって、文芸雑誌に分散発表後、平成六年（一九九四）六月まとめて新潮社から刊行された。後になって思うのは、とりあえずは亡母の形を借りた報告で感情の沈静化をはかり乍ら、再認識で超越的なものにつながろうとした無意識の訴えだったのかもしれないということである。

旅から帰って、中国に関わる書物であまり専門的でないもの、私にも分かるようなものを次々に読むようになった。その中に今以て格別の愛着でつながっている一冊の画文集がある。「北京の風景」。著者中尾太郎氏は北京に駐在された出光石油開発株式会社の方という。淡彩だけの、人物の描かれていない、北京の町家のスケッチ集という、偶然に知ったテレビでの新刊情報だけがたよりであったが、それだけで私は迷わずに購めた。

この本が丸ノ内出版から発売された昭和六十二年（一九八七）頃、私は世田谷に住んでいた。近くには孔雀の飼われている小さな公園があり、園内には幾種類もの植物が丁寧に育てられてもいたが、住まいが何しろ環状八号線のすぐ内側とあって、日々増加する大小重軽の車の通行量の震動と音に陋屋は悩まされていた。

震動は、仏壇の中のお位牌の位置が、知らぬ間に少しずつ変るまでになっていた。音には、重量級の荷物輸送車の通過音だけでなく、交通事故を知らせる不穏の音や、救急車のサイレンも加わった。私は一入静寂をなつかしみ、一入静寂を求めていた。

著名な画家の代表的な作品に劣らず、スケッチに惹かれるところが私にはある。テレビの新刊紹介ではじめて知った画文集の著者は未知の方なのに、迷わずそれを購めたのは、長くもない滞在なのに、後ろ髪をひかれる思いで帰国した北京の裏通りに、淡彩のスケッチでもう一度逢えるかもしれないという期待、加えて人物が描かれていないことへの期待が重なっていた。

人物が描かれていなければ、どういう人物でも好きな場所にたてて見ることができる。北京の表通りではなく、ちょっと入った所に泊めてもらったこともある私は、昼間の表通りとは異る裏通り、それも夜更けから朝にかけての静寂を忘れかねていた。願ってもない書物の出現に、到来を待つ私は興奮気味だった。


もしも自分が中国の土を踏んでいなければ、中国の風や水を知らなければ、この画文集への期待は違っていたかもしれない。届いた本の頁をゆっくり起しながら、私は自分の直感が間違っていなかったことに安堵し、北京の路地や横丁の町家の夜の静寂を運んでくる作品に見入った。静寂はあらゆる物音をのむ。物音は静寂を拒む。

目次を写す。Ⅰ旧い街並・北京の胡同（路地・横丁）Ⅱ故宮とその周辺 Ⅲ長江を下る Ⅳ北京風景抄 Ⅴその他。収められている全作品は四十点。そのほとんどが、紙・鉛筆・水彩とあり、若干の紙・鉛筆・水彩・ガッシュが混っている。

「まえがき」はこういう文章で始まっている。

「これは一九八三年末から八六年春までの約二年半、私が北京に駐在していた時の週末や休日に描いた絵と小文を集めたものです。絵も文も門外漢の私がこれを描いた動機と目的は、あとの本文に記していますが、それは、北京の都市近代化で高層アパートが新しく建つ一方で、旧い面影を今に残す裏町の路地、横丁、すなわち、北京で呼ぶ「胡同《フートン》」が取り壊され、消えてゆくのを目のあたりにして、これを惜しむあまり、私には到底及ばぬことだと思いながらも、私なりにスケッチにして残してみようと思って描いてみたものです。（以下略）」

　奥付によってはじめて著者の略歴に接した。一九三三年久留米市出身。九州大学卒業後出光興産（株）入社、台北、テヘラン、クウェート、ビルマ、北京に駐在、現在は出光石油開発（株）勤務の方。

　私は、自分よりも四歳年下の会社員の、人物を排除したスケッチへの執着に、未読のうちからよくは分らないまま関心をもたずにはいられなかったのだが、この出光一筋の著者が、「ビジネス」と「オフビジネスの余技」との峻別に大層厳しいことにも、文章を追って頷かされるものはあった。

　こんな挿話が紹介されている。仕事づき合いで親しい北京在住の友人達との会食の際に、著者の描いている休日の絵が話題になった。「オイルペインティング（油彩）は描かないのか」と質問されたので著者はこう答えたという。「オイル（石油）は私《マイ》の生業《ビジネス》だから」

　この「ジョーク」は、談笑のうちに一座に理解されているが、こういうところにも著者の人柄はあらわれている。

　果して、「ビジネス」と「オフビジネスの余技」がどこまで両立するものか。私の勝手な理解では、この画文集の魅力は、会社員の自覚に誠実な人が、抑制と流露の均衡を保とうとしながら保ちかねて、あえて抑制にとどまろうとする力、その力が作品の喚起力に転化されているところにある。流露のないところに抑制の必要は生じないし、手放しの流露に表現の喚起力は望めない。「ビジネス」と「オフビジネスの余技」の両立の不可能を痛感しながら、会社員としてあえてその峻別に徹しようとした著者の人柄をしのびつつ、私は毎夜北京に逢った。

一回目、二回目と、私がともに連立った訪中団の団長、団員は、数人を除いてことごとく鬼籍に入られた。三回目はわがままな耳目の旅を、とさきに書いたが、団員であったために、幸運にも個人では見ることのかなわなかった中国を、部分でしかないにせよ、五十代で目のあたりにさせてもらっている。

「長城の風」の装丁と挿画を快く引き受けて下さった平山郁夫氏も、この本を題にして心優しい対談をしてくださった水上勉氏もすでに亡い。中国は、しかし訪れる度に変っていた。壮大なゴビの落日。石碑の図書館ともいうべき碑林の底なしの冷たさ。大自然と人智の力くらべの接点に立つ思いで、寄り合い、重なり合う山脈の大高原を見渡しながら立ち竦んだ、万里の長城の城壁の高み。眼下の大平野の豊かな広がりが、いつのまにか廃墟の広島と重なって思わず目に力の入った乾陵の天馬の丘は、時を問わず起ち上がってくる私の中国である。

しかし、見上げるこの空のひとつづきの下に十三の異民族が仲よく暮していた、平和の見本のような西域の都市があって、そこでほとんど徹夜の歓迎を受けたことや、これも西域の川のほとりののどかな牧草地で、ただ一人の少年に導かれて、ふくらんだり細まったりしながら移動していた羊の大群のことなど、思い出すだけで胸を塞がれそうになる。

昭和六十三年（一九八八）、私は見覚えのない筆蹟の一通の封書を受け取った。ゆっくりと裏に返し、差出しの人を確かめてはっとなった。何と、「北京の風景子」とある。友人に教えられたご文章で、はじめて画文集が取り上げられているのを知り、それを読んだ「北京の風景子」は、昨夜静かに感激したという丁重なお礼状であった。

昭和六十三年は、この画文集を購めた翌年である。当時私は淡交社の月刊雑誌の「なごみ」に、「水の断章」という連載を発表していた。式子内親王のお歌にふれた「雪の玉水」の章で、私は抑え難く「北京の風景」が運んでくる北京の町家の夜の静寂について記していた。静寂はあらゆる物音をのむ。物音は静寂を拒む。それ故私は静寂を好むと。

今にして思えば、本名ではなく、「北京の風景子」という差出しは、いかにもこの画文集の著者らしい。未知の方であった著者からのこのような手紙に接して、私も静かに感激した。

この手紙を受け取ってから二十七年が過ぎた。さきごろ、私は又しても思いがけず、画文集の著者からの二度目の手紙にはっとなった。今度は本名で、複数のコピーと一緒だった。すでに職を退かれて閑居の日々を送られているとのこと、その中での朗報である。著者にも思いがけず「画文集 北京の風景」が、実に二十八年の歳月を経て、北京で刊行の日本語月刊誌「人民中国」の本年一、二月号に紹介されたので、コピーをお送りしますとある。

寄稿者は李順然氏（ジャーナリスト）、中尾氏には未知の方という。「昨今、難題ばかりの日中関係にあって、三〇年近い歳月を経て蘇った一筋の細い糸」を好ましく思う画文集の著者のよろこびを、私も又素直によろこびとした。

（二〇一五年十月号）

物語は物語のように

戦後まだ間もない旧制女専の国語の授業で、古典の作品の人気は、異本や流布本の多さひとつにもはかられるといって、「伊勢物語」と「蜻蛉日記」を比較して教えられた方があった。作者は未詳の歌物語で、読者の多い「伊勢物語」と、当時の有識の女性が作者であった「蜻蛉日記」がさほど支持されていなかったらしいのを異本の数で比較され、前者は作品そのものの魅力、後者は他人を容易にはひきつけない作者の人柄のせいかと話された。

その頃の私は、後年の自分に文章を書いて暮らす生活が始まることなど思いもよらず、何かにつかれるようにして生まれてはじめての小説を書き終って震えていたのが三十四歳の時というありさまであったから、古典の現代語訳に関しても、教室で教わった作品の人気の近くでしか考えていなかった。

しかし、自分が日本人であるからといって日本語を人並に運用できるものではないのを書くことを通して思い知らされ、人間と言葉の関係を恃み乍ら恐れる生活が始まった。認識が一変した。それが今に及ぶ苦楽のはじまりでもある。人は言葉遣いの程度にしか存在しないというのは、多くの先人に導かれてようやく到り得た認識である。

そのような認識からすると、いかに短い作品でも、古典の現代語訳は、原作と作者、訳者の言葉の相打ちであって、この相打ちには否応なしに互いの全存在が関わり合う。それを証すのが訳者の言葉である。

多くの読者は、自分が馴染んでいる訳者の創作の文章で原作の世界が領有されるさまを見たいと思い、訳者が原作をどう読んだかの報告を、読み馴れた訳者の現代文で聞こうとする。現代語訳という作業の持続には、牽引を可能にするだけの原作の魅力が欠かせない。自分の現代文で、私はこの作品をこう読みましたという時、訳者の弾みには、自分の文章で原作をのびやかに領有する必然としての創作性が加わり、読者は、原作と訳者に合体の新しさを、まるで訳者に生まれたばかりの創作にふれるのに似たよろこびで享受する。

「伊勢物語」の人気としては、複数の短篇が寄り合って人間の幅と厚みにうち込んでいる鍬の多様、つまり短さにもかかわらず人間をたくさん描いている力の、時代を超えた強さを考えるが、同時に、一篇ごとの短さも大いに関わっていよう。

そうなると、あの長大な「源氏物語」を、自分はこう読んだと報告できる訳者の、原作領有のための作業の持続力、その持続を可能にする魅力がいかにありふれぬものであるかを思うようになる。訳者の現代文による新しい小説「源氏物語」の誕生に、訳者のみならず読者も心はずんで協力し、原典の世界と訳者の新しく生まれた現代小説の世界を共有できたようなよろこびに、人間のことを双びなく沢山書いた原作者と訳者を重ねて、文学や人生への感慨を新たにする。

そう、多くのすぐれた作家が、自分は「源氏物語」をこう読んだと完訳を告げた。その大方は現代文の「である調」で、多くの読者が、これが「源氏物語」の現代語訳であると当然のように享受してきた。訳者の現代文で、その読みへの共感と違和感について語ることは大きな生き甲斐であり、かく言う自分もその一人である。

今年の秋、勉誠出版から又、新しい「源氏物語」の現代語訳全十冊構想のうちの第一冊が刊行された。訳者は、国文学者「源氏物語」の碩学にして古典籍蔵書家、「源氏物語資料影印集成」（全十二巻）「源氏物語古註釈叢刊」（全十巻）ほかの編著にも積年のご研究を示されている中野幸一氏。

作家ではなく、国文学者が、今はじめて現代語訳を世に問われるについては、なおざりならぬ思いがこめられているはず。その命名も「正訳源氏物語」。「正訳」とされている理由をまず問いたいが、ここは、誤っての伝えを恐れるので、全訳に当たっての「刊行の言葉」の中から、中野氏ご自身の言葉を引用させていただく。

『源氏物語』は物語ですから、一貫して語りの姿勢で書かれています。語りの姿勢、つまり相手に語りかける場合、私たちは『……だ』『……である』『……であった』などという、いわゆる『である調』で話すでしょうか。相手（物語の場合は聞き手あるいは読者）を意識した場合、ごく自然に用いられる日本語は、『……です』とか『……ます』とかの、いわゆる『ですます調』ではないでしょうか。

日本の誇る世界の古典『源氏物語』を、物語としての語りの姿勢で、紫式部の書いた本文を出来るだけ尊重して、改めて訳してみたいと決意した次第です。

この現代語訳を通して、紫式部の書いた『源氏物語』という作品を、あまり手を加えない正しい形で、読者の皆様にお届けできれば訳者にとってこれ以上の喜びはありません。あえて『正訳源氏物語』と称したゆえんもそこにあります。」

直接につながる本文の見出せない訳文はつとめて避けて、本文にあまり手を加えない正しい形をという姿勢が示されているので、原作をのびやかに自分の文章で領有する必然として、多くの作者の創作性の加わっている部分、つまり訳者の手が加わっていると見なされている部分について若干私見を述べれば、多様な書き加え、書き込みも、つまるところは原典の一語あるいは一節に結果として収斂されている場合も少なくないのである。

中野氏ご自身も文章力のすぐれた作家の本文離れの訳文を決して一方的に否定されてはい

ない。「作家ですから、ここぞという所に思いを込めて、想像を拡げて訳しているのです。そのために訳文が本文から離れてしまっているわけです。現代語訳として、それが間違いだとか、良くないとか言うのではありません。作家は作家なりの理解でそのような訳をしているのですから、むしろそれこそが作家の訳として評価されるべきでしょう。（中略）私としては、紫式部の書いた物語本文を、もう少し大切に扱いたいと思うのです」（「源氏物語」の全訳に当たって）

正誤優劣の問題ではないとされながら、学者、研究者としての譲れない立場を、静かな言葉にあずけられている強い自己主張には、聞き入らざるを得ないものがある。

とにかく平明で読み易い。

徹底して原文尊重である。

難解にも晦渋にも遠い訳文であるのに、喚起も余情も豊かにある。

本文の組み方の親切が読みをすすめる。訳文のすぐ下に対照できる原文あり。すぐ上には最少限度の感じで簡明な註が付く。訳文の量が、原文の量に即して同じ頁の内におさまっているため、前後に頁を繰る必要がない。この本文対照の形式は劃期的である。

物語は物語のように。

新しい読者となって、又「源氏物語」に逢う旅を続けようと思う。

万事とりきめは、なるべく少ない方がよい。

こういう考えからすれば、季語は多ければ多いほどいいということにはならない。いい文章の条件は、語彙の多さではない。

時代社会の移りとともに、季語に多少の変化が生じるのはやむを得ないとしても、細分化した季語にとらわれてあくせくするよりも、一見平凡な、ありふれた季語に守られる宇宙の限りなさをとうとしとする。

総じて定型の器のとりきめは、表現を縛るためにあるのではなく、表現が普遍にいたる力を得るための必然のばねなのであろう。このとりきめを、定型の器の表現の限界と結びつけて考えていた頃の自分が恥ずかしい。

忽然と戦闘機ある夏野かな
屍の肉啜りてや大夏木
炎天の海は真青の荒野かな
人魚らの歌聞きにこよ土用波
玉砕の女らはみな千鳥かな

長谷川櫂氏の新句集「沖縄」から五首引用させていただく。二十一世紀の俳句は、このようにもある。定型の器の表現の未来は、決して暗くない。

（二〇一五年十二月号）

「儀式」に始まる

今住んでいる集合住宅では、毎年十二月になると、敷地内の庭木の剪定の日が予告されて、刈り込みの人達がやって来る。顔ぶれは毎回異るが、庭師らしい親方に引率された三、四人の若者が、多少のぎごちなさを感じさせはするものの、親方の指示に従って懸命に働くさまは、否応なしに暮の気分をそそられるながめである。

伐り落された木の枝や葉は、待ち構えるトラックで運び出される。何も言えず、なされるがままの剪定の終った植物の表情に、それとなく親方らしい人の性格やわざを見て、やがての春の息吹きの違いを思う。

ぼんやりしていて長い間気づかなかったが、近くの高層建築の屋上に林立する金属性のものがあって、光り輝いている。どうやら新しく取りつけたアンテナであるらしい。より高い建造物に遮られる電波への対応は周囲でも着実に進んでいる。

着実に進んでいる環境の変化は、徐々に日照時間を奪い、部屋の暗さ、洗濯物の乾き難さとなって押し寄せているのに、たまたま気づいたアンテナの輝きに目を瞠るのは、防ぎきれず、押し寄せる力にのみこまれてゆく者の非力と改めて対い合う怖さに他なるまい。
住まいの西側のベランダ間近に迫って、目下建設中の十四階建マンションのために、昼間から電気の明かりが必要になった部屋で、ささやかながら位牌の正月の支度をする。この身はまだ本復に遠く、優しい人に頼んでのようやくの品揃えではあるが、若松の緑や南天の赤、冷たく澄んだ水仙の芳香に、ひととき亡き父母や兄との記憶を生きる。

平成二十七年（二〇一五）は、安倍政権によって、憲法九条の解釈が変えられ、集団的自衛権の行使を認める安全保障関連法案が可決したとされる年である。私はこれまでにも、先立つ「特定秘密保護法」の強行採決や、憲法の解釈変更という手段で自衛隊の海外での武力行使への道を開いた閣議決定の日を「忘れようのない日」「再び忘れようのない日」として「耳目抄」三一六、三二二で取り上げてきたが、三度目の忘れられない日となったのが平成二十七年の九月十七日。参院特別委員会での安全保障関連法案の採決で、可決が前提という採決であった。九月十七日には、テレビで国会中継を見たが、首相が「世界のリーダーに」「世界への貢献を」「国民の生命と財産を守るのが私の責任」と唱え続けているわが国の国会のありさまかと、目を覆いたくなるような、あわれな強行採決であった。

もともと、成立時期は変えられないという政権側の姿勢ははっきりしていた。丁寧な説明を繰り返し法案についての議論を深めたという首相の発言が虚しくひびくほど、度々の大きなデモにも一貫して冷ややかであった法案成立への道すじで、国会での質疑応答が、多くの時、首相をはじめとする政権側の一方的な自己主張の繰り返しで時間を費し、直接の回答が反らされてきた不満についてもすでに記した。

「天ぷらは和食ですよね」「繰り返し申し上げます。寿司が好きです」

「短歌往来」に発表された俵万智氏の「さびしい鏡」三十三首のうちの一首である。遅れて月刊の短歌誌の頁を起していてこの作品に逢い、ぱっと心が明かるくなった。「さびしい鏡」という標題は、次の歌からと思われる。

「違憲だから徴兵制はない」というあなたの言葉さびしい鏡

かなり前にも俵氏の歌を引いている。

「おかたづけちゃんとしてから次のことしましょう」という先生の声（「東京新聞」平成二

十六年〔二〇一四〕七月二十一日）

に「平易」「明快」「さらに痛快」という印象を記している。それにしても「天ぷらは」の一首、痛快である。誰でも分かる易しい言葉にユーモアを漂わせた尖鋭な政権批判は俵氏ならではのもの。三十三首のうちには、政権の日々から目を反らしていない作者の、一国民としての眞摯で、静かに、深く訴えるものも少なくない。

ユーモアを忘れない、なおざりでない政権批判は、現代短歌の頼もしい一様相と読む。ありふれぬ資質の「サラダ記念日」の作者の作品の歴史に、短歌と散文の違いについての眼を拭ったのもいい経験になった。

九月十七日の国会での法案採択については「法律自体、違憲で民意から完全に外れ」「議事進行も含め」「そもそも採択はなかったと考える」という、東大名誉教授醍醐聰氏の発言を十一月一日の「東京新聞」で読んだ。九月のことはいずれ又後に繰り返すであろう。ずっと靄の中にいた私は、年が明けても抜け出せるどころか、いっそう濃くなった靄の中で違和感とともに暮らしているが、ここではその少し前、夏のことに戻って書きとめておく。

平成二十七年（二〇一五）七月に講談社の文芸文庫編「戦争小説短篇名作選」が出版され、拙作「儀式」が若松英輔氏の解説で収められた。どんなに短い文章でも、後になっての再録はありがたい。いい加減に書いて来たつもりもないが、この「儀式」の再録に関してはやはり格別の感慨がある。

理由の第一。昭和三十八年（一九六三）の「文藝」十二月号発表なので、初出から五十二年経っての再録だということ。これまでにも、全集、選集類での再録や共著の中の一篇ということでの再録は幾度かあった。しかし初出から半世紀はありふれていないだろう。

理由の第二。「儀式」は、生まれて初めて書いた小説だということ。随筆や評論はそれまでにも発表している。しかし小説は皆無。自分の内部にうごめくものを意識してから、評論ではあらわせない情と理に、どのような形を与えるべきかが分らず迷い続け、探し続け、初志だけは頑なに守ろうとした。何かにとりつかれたような状態で、夢中になって筆を動かし、終った時には震えていた。

従って、半世紀前の自分に逢うなつかしさと同時に、ひりひりするような感覚でかつての自分と逢うための忍耐も要る。初めてあらわせたものは確かにあった。しかしあらわせなかった「こと」や「もの」が次々にはっきりしてきた。何と言っても、まともに日本語を運用できない自分に愕然とした。こんなはずではなかった。日本人だから日本語は使えると思っていた。日本語と自分の関係を対象化したこともない自分の恐ろしさを知った。

「儀式」を書く前と、書いてから後の自分が、はっきり違う次元にいるのを自覚した。後になって思えば、言葉で生きる人間のよろこびと苦しみ、怖さを、躓きや転びを繰り返すことを通して初めて自覚した、傲慢無知も恥ずかしい初体験である。それまでに書いてきた評論だけではあり得なかった言葉との関係であり、人間の発見であった。

理由の第三。「儀式」の発表誌と発表時期に関してのことがある。「文藝」の当時の編集長は、河出書房新社の社員、坂本一亀氏。私のかつての上司である。私は昭和二十七年（一九五二）に新制の早稲田大学を卒業すると河出書房に入社したが、五年後に、同社の倒産によって解雇され、同年筑摩書房に入社した。五年後に今度は自分から退社している。

「儀式」の掲載された「文藝」は、河出書房が倒産して新社となってから五年後に、坂本氏を編集長として復刊を果した「文藝」で氏が編集長をつとめられた最終の号。くり返せば昭和三十八年（一九六三）十二月号である。すでに前年筑摩書房を退いていた私は三十四歳になっていた。古典評論もはじめていたが、責任編集最後の号に、あえてはじめての小説の場を与えて下さったのが坂本氏である。

作家の生活など心のどこにもなく、広島の被爆で心の平穏を失って久しい私が、自然に、縋りつくようにして書き始めた随筆や評論らしきものによって、自分の広島に関して、何かがうごめき出している身と心に気づき、何とか風穴をつくろうとしてそれも容易にはかなわず、違和感との折り合いのつけ方に悩んでいた時であっただけに、坂本氏の求めは重くひびいた。

ただならぬことのはじまりを予感しながら、自分の「時」と重なったこの求めには、何が何でも応じなければならないという気持になった。

生まれてはじめての小説というだけでなく、私はこの主題から未だに離れられず、小説を書いている。「五十鈴川の鴨」でそのことを痛感した。「儀式」なき死の追求。「五十鈴川の鴨」を書いたのは、東北の大震災以前である。しかしそれに伴った原発事故が発生して、「儀式」の主題はなお生きのびている。

言葉の運用の不自由というかけがえのない経験によって、言葉で生きる人間の目を啓かせてくれたのは「儀式」、書き方の変化はあるものの、この主題から離れようもなく、戻っては出直してゆく自分を見るにつけ、あえて小説を望んで下さった坂本氏には、今なお感謝でつながっている。

つい先頃、以前「朝日新聞」の文化部に在籍されていた佐久間文子氏にお会いした。現在はフリーのライターとしての活動をされているが、これまで仕事の上での往き来はなかった。自分は現在、河出書房の「文藝」の歴史を調べ、本にまとめる仕事をしている。ついては、「文藝」に「儀式」を発表した頃のことと、坂本一亀氏の思い出を聞かせてもらえないかという封書を受け取ったのは十月の初めだった。

夏に講談社の文庫が出たあとだったので、偶然とはいえ、この符号にある感慨はあった。こちらの体調不良ですぐには応えられず、十二月になって住まいに来ていただいた。

佐久間氏のこれまでの調べで、「河出書房」についても「文藝」についても、かつてお世話になった会社のことを随分委しく教えられた。ああ、そういう歴史があったのかと、時代の外には生きられない出版社の浮沈について、そこで働く人々について、自分に分かっていたことがいかに少ないかを知らされた。

回っているテープをほとんど意識することもなく、巧みな質問に誘われて、社員であった頃の河出書房、倒産、上司、同僚などについていくらか話したが、いずれ佐久間氏の筆でととのえられるであろう。

よい資料は少ないよりも多い方がよいが、一人の筆による取捨選択は本の出来を決定する。これからの佐久間氏のご苦労がしのばれる。

社会と人を見る自分の目は、大学を出てはじめて勤めた河出書房の五年間でほぼ決まったと言っても過言ではない。まだ筑摩書房に勤めていたうちに、「文藝」の復刊が決まって準備に入っていられた坂本氏から、雑誌要員としての誘いを受けていたのにお断りしていたことも、見せてもらった資料のうちにあった。

寡黙な上司は、私にも告げず、私自身誰一人知る者のいない筑摩書房に、倒産直後、逸早く採用をとりつけていて下さった方でもあったというのに、ひとたび解雇通知を受けた身のこだわりはなかなか消えなかった。解雇は深い衝撃であった。

（二〇一六年二月号）

言葉と歩く

いい加減な物言いは、いい加減な生き方のあらわれであって、人はいつでも、その時々の物言いの程度にしか生きていない。つまりその程度以上でもなければ以下でもない――先人にそう教わった時の衝撃の強さと深さが、言葉というものに対する私のそれまでのいい加減さをよくあらわしている。

自分は日本人だから、日本語は使えると思い込んでいた。いい訳のできない存在証明としての言葉遣いへの懼れが、私自身を、他人を、世の中を見る目を変えた。大きな、大きな事件であった。

言葉のないところに社会人の生活はない。その生活を基盤として支える言葉を、いかに円滑に運用してゆくか。能う限り誤解少く運用してゆく大事は、言葉の専門家の仕事ではなく一般国民の日常生活においてこそ必要なのだと気づく。

よく、「美しい日本語」という。それは運用の仕方がよかったのであって、日本語すべてがはじめから美しく「ある」のではないと思う。いかに美しく、よりも、いかにいい加減でなく、の方を選ぶ。的確に。曖昧にではなく。

しかし、この言い方こそ的確ではなく曖昧だ。的を定めて言葉を選び直す。対象をせめては反撃に遭う。その繰り返し。この繰り返しが、この世における生への深まりとしてしだいに実感されてくる。言葉で生きる人間の測り難さ。いい加減にではなく選び寄せられた言葉が、その独自な法則で放つ喚起と煽動が、人間と言葉の関係の魅力として、終りのない存在証明への努力を促す。

新しい年を迎える度に心待ちするテレビ報道の一つに、恒例の宮中行事「歌会始の儀」がある。皇居の宮殿「松の間」で、天皇皇后をはじめとする皇族方の、予め発表された題によるお歌と、選者、関係者、一般国民の入選作が披露される。威儀を正された皇族方のお姿を、映像で拝見できる稀な機会でもある。

今年も、一月十四日、「歌会始の儀」は皇居宮殿「松の間」で行われた。「お題」は「人」。

天皇のお歌

戦ひにあまたの人の失せしとふ島緑にて海に横たふ

皇后のお歌
夕茜《ゆふあかね》に入りゆく一機若き日の吾《あ》がごとく行く旅人やある

昨年春公式訪問された太平洋戦争の日米激戦地パラオ・ペリリュー島、日米両国の戦没者慰霊の旅が背景のお作である。

ある時期から、和歌の歴史を離れては現代の国語もあり得ないと思ってきた私にとって、「歌会始の儀」は、現代の日本の「国家」を象徴する典型的な事例の一つなのである。

日本語だけでなく、古語を守って定型の器で自己表現を行う。前の年に宮内庁から発表された「お題」に従っての、未発表の自作の短歌一人一首の詠進というだけが応募規定の、全国民に開かれている文化の窓である。

文化の基本は言葉である。残念乍らそう気づいたのは早くなかった。どこの国にも言葉はあり、自分は日本人だから、日本語に不自由はない。そう思って疑うこともなく育った。この楽天的な思い込み、言葉に対する侮りはみごとに打ち砕かれた。

国民の生命と財産を守るのが義務であると繰り返す現政権は、経済優先の政治がこの国を元気にする政治なのだとも強調する。

そうであるのかもしれないけれど、政治、経済、文化といわず、すべての国民の社会人としての生活を支える基盤は言語、つまり大切なのは言葉なのであるから、たとえば経済人となるための効率を急ぐあまり、大学での人文系の学びの時間を削るなどという改革を、権力を行使して安易に実現させないでほしい。改革が具体的に実現するまでにどれほどの時間が必要であるか。一見すぐには役立たないようでも、基礎教養に欠ける、バランスを失っている者の人間としての貧弱が、やがて社会の貧弱にもあらわれて来ないとも限らない。学制改革には、言葉の尊重を、などと偉そうな口がききたくなるまでには、自分なりの苦い経験が重なっている。

人間のどんな小さな行為にも、それが認識されているかどうかは別として、複数の原因が絡み合っている。教室での学びの時間を、軍需産業の工場への学徒動員にふりかえられた女学校の二年間の勉強不足は大きかった。

日の出前に家を出て、月を仰いで帰宅する日も珍しくはなかった。思考の果てにではなく、肉体の疲労から戦争を憎んだ。暗さに閉じ込められているような将来に、夢の入り込む余地はなかった。

十六歳での父との死別。半年後の原子爆弾投下。

平安末期から鎌倉時代の初期にかけて、源平争乱の時代を生きた歌人建礼門院右京大夫の歌集には、壇ノ浦の戦いで、平家一族の滅亡をわが運命とした平資盛が恋人であった作者の悲歌がいくつも残されている。

なべて世のはかなきことをかなしとはかかる夢みぬ人や言いけむ
かなしともまたあはれとも世のつねにいふべきことにあらばこそあらめ

他人に理解されるはずもないわが心のありようとして、他人への通路をはじめから拒んでいるかのような詠みぶりに違和感をおぼえた時期もあり、こうした悲歌が、太平洋戦争の軍人遺族にも充分訴える作品だということは分っていながら、なお違和感にとらわれていたのは、かえりみて被曝の影響だったかと思う。

しかし今、一連の悲歌の中にあった

ためしなきかかる別れになほとまる面影ばかり身に添ふぞ憂き

一首に紐帯を感じるのは、被曝をためしなき衝撃として受けとめるようになったせいかもしれない。被曝後何年もの間は、広島の現実を、広島だけのこととしてではなく、東京空襲、名古屋空襲などと変りはないものとして受け容れようとする自分であった。衝撃を特別視する自分のいたわりは避けるべきだと考えていた。

そうであるのに、年月の経験が、いや、これはどう見ても特別の被害である。その特別をどう納得するかの段階になった時、わが身一つの全責任において、まさに「ためしなき衝撃」と言い得る事例としての認識が定まってきた。

自分の変化を頼りなさとして見ることもできる。しかし変化は自然であった。事物に対する見方の多様が、無意識のうちに育てられてきた証拠の認識で、ひとたびそこに立つと、それ以前の自分にはもう後戻りすることができない。

好悪にかかわりなく、政治の外では生きられない自分の限界の自覚が、言葉の頼もしさと恐しさで切実になる。終りのない存在への旅に誘うのはいつも言葉である。

（二〇一六年三月号）

この現実

私は昭和二十七年（一九五二）に新制の早稲田大学を卒業してすぐに河出書房に入社したが、五年後の倒産によって解雇され、同年筑摩書房に入社した。直接の上司坂本一亀氏の高配による。元来、寡黙な坂本氏は私にはそのことについて一言も明かされず、筑摩書房の顧問のお一人であった臼井吉見氏をおたずねするように言われた。誰一人存じ上げている方もなく、動揺もおさまらぬ胸を不安でいっぱいにしたまま元上司の言葉に従った。

さき頃、河出書房の「文藝」の歴史を調べて本にまとめる仕事をされている元「朝日新聞」文化部在籍、現在はフリーのライターとして活動されている佐久間文子氏のインタヴューを受けた。本の完成が間近いらしく、私にかかわる記事の部分の最終チェックをしてほしいとの連絡を受けた。

これまで仕事の上での往き来はなかった佐久間氏である。しかし坂本氏が細身になって再出発した河出書房の新社で、復刊「文藝」の責を負い、編集長となって昭和三十七年（一九六二）復刊を果し乍らもわずか一年余、翌三十八年（一九六三）の十二月号を最後に退任を余儀なくされている。その最後の十二月号に、私の生まれてはじめての小説「儀式」が掲載されたという事実から、河出書房の具体的な日々や、坂本氏の思い出をという申し出だったのでお引き受けした。

コピー機もなければタイムレコーダーもなく、むろんパソコンなど思いみてもいない時代、木造二階建の社屋の床に如露で水を撒いてから箒でごみを掃き寄せて後に始業という時代の自分が、それでも大企業でもない文芸出版社の浮沈について、時の政治の「法」の外にはあり得ないのだということに全く気づかされていないわけではなかった。

「耳目抄」に、霧の中を行くようだとはじめて記したのは何年前のことであったか。自分や家族の体調の不如意も多くの時平行してはいたけれども、日常それとはなしに気づく違和感は、時に圧迫感ともなって消えようもなく、日本の国民として生きている限り、いつ、どこにいても、時の政治の外では生きられないのだという制約について思う折が多くなっていた。

しかしこの言い方は杜撰である。為政者によってつくり出される「法」が、国民が不仕合わせにならないために考えられた約束ごとだとしても、為政者すべてが万能とは限らないし、国民一人一人のありようについての想像力には当然の限界がある。

それに、「法」の外では生きられないといっても、意識して「法」に逆らい、あえて違法の罪人となってたたかう「法」との関係もある。その関係をもふくめた「法」との紐帯であるが、為政者の叡智次第の「法」とその運用を、運命的なものとさえ感じるきっかけには、二度の被爆の民になった国民としての自覚もある。

自分は日本人だからというただそれだけの理由で、運用の不自由を疑いもしなかった者が、その大きな誤りに気づいた、いついかなる時にも言い逃れのできない人それぞれの存在の証しとなる言葉遣いの怖ろしさとよろこびのかけがえのなさ。そのことに愕然としたのが私の戦後のはじまりであったのと同様に、一国民である限り、時の為政者の叡智に応じた「法」の中でしか生きられないのだと承知させられたのも又私の戦後のはじまりであったかとかえりみてそう思う。

長い間「靄の中」を行くように感じてきた私の中には、「法」の成立と運用に関する限られた為政者の、言葉の揺れについての気持の悪さがある。国の内外に、政道の諫めを詩作にかねた為政者も少なくはないが、為政者は言葉の専門家であるべしなどとは思ってもいない。ただ「法」の運用者である以上、できるだけいい加減でない言葉遣いをしてほしいのである。

思わず「政治は言葉だ」と書き始めたのが「耳目抄」の三三二回。「為政者の言葉」とまで題している。国会中継。ある日の総理は、多くの場合、野党議員の質問に対して応じていない。直接の答弁はなく、自分の政見を延々と述べることの繰り返し。国会で議論を深め審議を尽くすとは、これも繰り返し聞かされてきたが、事実は違う。議論を深め審議を尽くす前提は、まず相手の言葉をよく聞き届けることであろう。柔軟に対応して関係を深めるのが議論や審議ではないのか。虚しい。

与党中心の強行採決の後味の悪さは、これがわが国会での仕儀かと嘆かれる。三一六回の「忘れようのない日」と三一一回の「再び忘れようのない日に」は、私が靄の中を再認識した記録である。理想を掲げる言葉と現実との距離に風が吹きめぐる。事故のあとしまつについての無責任と、勝手な時だけの民意の尊重。有識者会議の多用と、その処理の傲慢。国民は「法」の内にどこまで従えるか。

七月十日に、第24回参議院選挙が投開票された。

改憲四党161（内訳：自民121、公明25、おおさか維新12、日本のこころを大切にする党3）（民進49、共産14、社民2、生活の党2）。与党の圧勝である。伊勢志摩サミット前後の、日本経済についての総理の意見の微妙な変化、アベノミクスの成果についての自讃、総理の言葉ロうつしのようになってしまった閣僚と、総理を讃えつづけて異論の全く聞えない自民党の内部、選挙前と選挙中の、憲法改正にかかわる発言を微妙に変えた総理の発言。財源の出所は語らず、子育て、年金、介護に手を差しのべる約束は、選挙後どう果されるのか。

これが戦後七〇年の日本の現実である。

私は、二つの重要な法案決定の際に見せられた言葉の揺れの気味悪さを思い返しながら、日本の国民のこの度の選択と自分は違う、と思う。

依然として私は靄の中にいる。

違和感は解消されようもない。

しかし又私は示される新たな「法」の外には出ないまま、「法」とのかかわりように、自分の存在をかけるであろう。違和感を、気持の悪さを保ちつづけることに、残り少ない時間をかけるであろう。

沖縄、長崎、広島、福島の被曝者の民意に、どれだけ寄りそっているかは、為政者自身がいちばんよく分かっているはずである。大学生の時代に、政治か文学かと険しく争った自分はもう超えている。そのようにではなく、九条を守る会の持続的な集会を見守りつつ、「法」の内で生きる叡智に、人間を少しでも深く生きられたらと思う。

俵万智さんの、ユーモアをたたえた政道批判に、現代短歌の可能性を一度ならず見上げてきたが、世界のリーダーに、世界のリーダーにと繰り返す総理の、たとえば原発の事故処理についての楽天性が危ぶまれる。別の時、ある日の国会でのある議員とのやりとりで、「どうして一番にならなければいけないのですか。二番じゃいけないのですか」と鋭く迫った女性議員の真顔もなつかしい。参院選の心重い結果を、靄の中に示された一つの区切りの現実として受けとめる。


（二〇一六年八月号）

あとがき

本書には、雑誌ユリイカに連載した「耳目抄」の三〇一回から三三八回までの文章を収めました。「耳目抄」は、私のほぼ三〇年間の日記です。

毎月「主題」も「形式」も決めず「事」や「物」や「人」について、とにかく月刊誌に書き続けるという企画は、先代社長なき後は社を引き受けられた令息、清水一人氏にも引き継がれ、体調不如意で休む月も何度かあり、もっぱら書き出した頃には思ってもみなかった回数を重ねました。よく終わりのない文章を大胆にと省みる自分と、いや、この波は今はどうしても乗り越えなければならない波なのだと信じきっていた自分がせめぎ合い、定まった影も形もないところに毎月「事」や「物」や「人」についての姿をつくりだしてゆく作業は、消えない心のはずみを抱えての長い旅でした。

今度は、日記を閉じるに当たってこの長旅の観客になろうとしている自分に逢っています。

なお本文中に引用した古文古歌の表記及び句読点は、すべて私意によっています。

令和四年六月

著者

＊著者紹介
竹西寛子（たけにし・ひろこ）
1929年、広島県生まれ。早稲田大学文学部卒業。『管絃祭』で女流文学賞、『兵隊宿』で川端康成文学賞、『山川登美子』で毎日芸術賞、『贈答のうた』で野間文芸賞受賞。1994年日本芸術院賞受賞、同年より日本芸術院会員。
主な著書に『竹西寛子著作集』（新潮社）、『自選竹西寛子随想集』（岩波書店）、『陸は海より悲しきものを』（筑摩書房）、自選短篇集『蘭』（集英社）、『五十鈴川の鴨』（幻戯書房）、『哀愁の音色』『虚空の妙音』『「いとおしい」という言葉』『望郷』『一瞬の到来』（いずれも青土社）ほか多数。

伽羅を焚く

2022年8月23日　第1刷印刷
2022年9月7日　第1刷発行

著者——竹西寛子
発行者——清水一人
発行所——青土社

東京都千代田区神田神保町1-29　市瀬ビル　〒101-0051
電話03-3291-9831（編集）　3294-7829（営業）
郵便振替00190-7-192955

印刷・製本——ディグ

装丁——細野綾子

Printed in Japan ISBN 978-4-7917-6978-0 C0095